英美文学翻译多维研究

匡　凤◎著

吉林人民出版社

图书在版编目(CIP)数据

英美文学翻译多维研究 / 匡凤著 . -- 长春 : 吉林
人民出版社 , 2022.7
ISBN 978-7-206-19338-5

Ⅰ.①英… Ⅱ.①匡… Ⅲ.①英国文学－文学翻译－
研究②文学翻译－研究－美国 Ⅳ.① I561.06
② I712.06

中国版本图书馆 CIP 数据核字 (2022) 第 244068 号

英美文学翻译多维研究

YINGMEI WENXUE FANYI DUOWEI YANJIU

著　　者：匡　凤
责任编辑：门雄甲　　　　　　　　　封面设计：史海燕
吉林人民出版社出版 发行（长春市人民大街 7548 号）　邮政编码：130022
印　　刷：三河市华晨印务有限公司
开　　本：710mm×1000mm　　1/16
印　　张：10.75　　　　　　　　　字　　数：200 千字
标准书号：ISBN 978-7-206-19338-5
版　　次：2022 年 7 月第 1 版　　　印　　次：2023 年 1 月第 1 次印刷
定　　价：68.00 元

如发现印装质量问题，影响阅读，请与印刷厂联系调换。

内容简介

　　本书属于英美文学翻译方面的著述，由英美文学翻译理论研究以及主体维度下的英美文学翻译研究、语言学理论维度下的英美文学翻译研究、文化学维度下的英美文学翻译研究、语境化维度下的英美文学翻译研究、美学维度下的英美文学翻译研究等部分构成，全书从不同维度入手分析了英美文学翻译的方方面面，并列举了一些英美文学翻译案例，对从事英美文学翻译的研究者具有一定的学习和参考价值。

翻译几乎与语言同时诞生，是一项历史悠久的实践活动。在全球化背景下，翻译实践与翻译研究有着势不可挡的力量。翻译本身属于一种跨文化交流活动，在语言文化交流中，翻译是一个不可或缺的手段，能够沟通各国人民思想，促进各国政治、经济、文化等各方面的交流与发展。当今世界，翻译的重要性，可以简洁地用三个英文单词或四个汉字来加以概括"Translate or die"或"不译则亡"。国际著名翻译学家尤金·A.奈达（Eugene A. Nida）在一本翻译专著中开宗明义地指出：翻译工作，既复杂，又引人入胜。事实上，理查兹（Richards）在1953年就断言："翻译很可能是宇宙间最为复杂的一种活动。"一个不争的事实是，中英互译是世界诸语言互译中最为复杂、最为困难的一种。

1987年，王佐良卓有远见地指出："翻译研究的前途无限。它最为实际，可以直接为物质与精神的建设服务，而且翻译的方面多，实践量大，有无穷无尽的研究材料；它又最有理论发展前途：它天生是比较的，跨语言、跨学科的，它必须联系文化、社会、历史来进行，背后有历代翻译家的经验组成的深厚传统，前面有一个活跃而多彩、不断变化的现实世界，但不论如何变化都永远需要翻译，需要对翻译提出新的要求、新的课题。"不论世界如何发展，翻译是永存的，翻译研究将与翻译实践共存，并且继续随着历史的发展而发展，随着世界的进步而进步。翻译学具有鲜明的跨语言、跨文化、跨社会、跨国界、跨地域、跨时空、跨学科、跨专业、跨职业、跨行业的特色，是一门开放型的综合性独立学科。翻译学研究不应仅仅局限于翻译（活动）本身，而应该走向跨学科的视角。

在所有翻译活动中，最困难的莫过于文学翻译。文学翻译绝不仅仅是两种语言之间的转换，还涉及众多社会文化因素，如民族文学的地位、民族文化心理、翻译伦理规范、社会政治、文学传统、诗学规范、价值取向、审美心理以及赞助人等，这些因素无不时刻影响着文学翻译活动。

总体来说，本书具有创新性，从主体、语言学、文化学、语境化、美学等不同视角入手分析英美文学翻译，抓住了英美文学翻译的跨学科特征。另外，本书做到了理论与实践的结合，以理论探讨为基础，辅以具体的翻译案例，以体会名家翻译的语言美、炼字炼词炼句美。

在撰写本书的过程中，参阅了相关资料或文献，同时为了保证论述的全面性与合理性，也引用了许多专家、学者的观点。在此，谨向以上相关作者表示最诚挚的谢意，并将相关参考文献列于书后，如有遗漏，敬请谅解。由于作者写作水平有限，书中难免存在疏漏之处，恳请广大读者不吝指正。

匡 凤

2022 年 3 月

目 录

第一章　英美文学翻译理论研究

　　文学采用艺术化的形式对语言进行加工创作，刻画多种文学形象，追溯历史、剖析现实，展现人与人之间错综复杂的爱恨纠葛，描摹自然界的万千景观，谈理想、抒情怀、畅古今……读者通过各种翻译佳作，一览各地人文景象，在文学形象中寻找自己的影子，在无声的浸润中得到美的享受。因此，本章对英美文学翻译理论展开研究。

第一节　英美文学的语言特征

一、形象性与抒情性

传统的语言本质观把语言视为传达意义的工具和手段。根据这一观点，学者把文学语言视为作家、诗人用来描绘人生图画的特殊工具，是集中传达人们审美意识的物质手段。一般说来，文学作品所使用的语言是文学语言，而理论著作、科技论著所使用的是理论科技语言。文学语言与理论科技语言之间有着明显的区别。

本章主要研究的是文学语言。形象性是文学语言的重要特征。刘勰《文心雕龙·物色》曾称赞《诗经》的语言："'灼灼'状桃花之鲜，'依依'尽杨柳之貌，'杲杲'为日出之容，'瀌瀌'拟雨雪之状，'喈喈'逐黄鸟之声，'喓喓'学草虫之韵。"[①]文学语言的形象性弥漫于作品的字句声韵之间，读者可以直接感受。别林斯基曾称赞果戈理："果戈理不是写，而是画；他的描绘呈现出现实世界的奇颜丽色，你能看到和听到它们，每个字、每个句子都清晰地、明确地、浮雕般地表现着他的思维。"[②]

此外，文学语言的形象性还表现在作者善于巧妙地使用比喻、象征等修辞手段。钱锺书曾指出："比喻是文学语言的擅长，一到哲学思辨里，就变为缺点——不谨严、不足依据的比类推理（analogy）。"[③]钱锺书

---

① 李润新 . 文学语言概论 [M]. 北京：北京语言学院出版社，1994：13.
② 李润新 . 文学语言概论 [M]. 北京：北京语言学院出版社，1994：16.
③ 钱锺书 . 七缀集 [M]. 上海：上海古籍出版社，1985：38.

这里既指出了文学语言的特征，又指出了文学语言与哲学思辨语言的本质区别。

文学语言的另一个显著特征是它的抒情性。优秀的文学作品的语言都带有浓郁的感情色彩。语言的感情色彩是作家思想感情的流露。作家根据创作的需要，决定所使用的感情色彩的浓淡强弱。例如，作家在有的地方写得很含蓄，有的地方需要情景交融，有的地方则直抒胸臆。由于体裁的不同，文学作品的语言的抒情性也有程度上的不同。例如，诗歌语言的感情色彩就比较浓重。同样是小说，语言的感情色彩也不一样。抒情小说的语言在感情色彩上就比一般叙事作品的语言浓一些。

除形象性和抒情性以外，文学语言还具有准确、凝练等特点，还具有民族性、时代性和音乐性。因篇幅有限，这里不作详述。当代西方某些文艺学家对语言本质的分析有助于我们从新的角度认识文学语言的本质。例如，英美新批评派理论家理查兹把语言划分为科学语言和文学语言，他认为，不论是自然科学的语言，还是人文科学的语言，都是为了证明命题的真或者假、正确或者错误，而文学语言是为了表现情感。理查兹在《文学批评原理》《修辞哲学》等著作中论证了文学语言的多义性与复杂性。他指出，科学语言是尽可能将自己限定在规定的意义之内，尽量避免含混不清的表达，以免产生歧义；文学语言本质上是模糊的、含混的，原因在于文学语言具有多义性和复杂性，可以激起人们多方面的想象与联想。在此基础上，他进一步指出文学语言的柔韧性与微妙性①。

二、前景化和语法形式

从某种角度来看，语言的语音、语法、语义的特征显著化或前景化可以作为区分语言的文学用法或非文学用法的标志。

前景化这一概念本身源自视觉艺术，"前景"与"背景"是相对应的

---

① 胡经之，王岳川 . 文艺学美学方法论 [M]. 北京：北京大学出版社，1994：218.

概念，但是在文体学中，前景化这一概念非常重要。著名学者利奇在研究文体学时，就将前景化定义为"以艺术手法为动机的偏离"[①]。这种偏离可以被理解为一种非常规的用法，将语言的所有层面加以覆盖，如语音、词汇、语法等。重复也是偏离手法的一种，原因是某个词、短语、句子的不断出现，会导致语言常规被打破。之后，很多对词汇进行重复使用的修辞手法诞生，也使得前景化的手法不断被采用。

请看下面的例子。两个例子出自《观察报》（1995 年 11 月 29 日），都描述了美国城市内部的衰退。

The 1960 dream of high rise living soon turned into a nightmare.

1960 年生活高速增长的梦想很快就变成了一场噩梦。

从单词的排列形式看，这个句子在语法上没有任何与众不同或"偏离"。然而，下面摘选的诗句的语法结构却似乎很有挑战性，并且对我们的解释过程提出了更多的要求。

Four stores have no windows left to smash.

4 层楼没有窗户可以打碎。

But in the fifth a chipped sill buttresses.

但是第 5 层一个破碎的窗台支撑着。

Mother and daughter the last mistresses.

母女也是最后的主人。

Of that black block condemned to stand, not crash.

那尚存未毁的黑色楼房。

诗句的第二行以 But in the fifth 开头，其与常规用法不同之处在于句子的谓语由一系列嵌入成分组成。如果将它们用完整形式写出来，就能看出这一点："A chipped sill buttresses mother and daughter who are the last mistresses of that black block which is condemned to stand, not

---

① LEECH G. A linguisitic guide to English poetry[M]. London: Longman, 1969.

crash."（一个破碎的窗台支撑着母亲和女儿。她们是那个无法居住的尚未被毁的黑色楼房的女主人。）

在文学文本里，语言的语法系统常常被"开发"和"实践"，即如穆卡洛夫斯基所称"使其偏离于其他日常语言形式，结果是在形式和意义上都创造出有趣的新模式"。其产生的途径之一是使用那些看起来打破语法规则的、非常规的结构。

三、字面语言和比喻语言

字面意义即文字表面上的意义，不是含蓄在内的意义。比喻意义是就汉字（词）的原有意义因比喻而产生的新意义，也是一种引申义。以"树"为例，"树"的字面意义是"一株大的植物"。然而，在"谱系树"的语境下谈论一棵树时，它就不再是字面意义的"树"，而是具有比喻意义的"树"。"树"一词的基本用法是指植物体木质部发达茎坚硬的植物的总称。"谱系树"也同样具有上述属性中的一部分：从构图上看"树"的平面图和树的形状看起来相似，而且某种程度上，双方都会经历一个有机生长的过程，因此我们使用同一个词的"树"表达它们。但是当我们用这个词指植物时，是用它的字面意义；而用它来描述谱系时，则用它的比喻意义。

明喻（simile）是把一种事物和另一种事物作比较，并通过展现一种事物如何与另一种事物相似来解释这种事物是什么样子的手法。文本中以 as 或 like（像、好像、好似、如）等词为明确标志。

短语 as cold as ice（冷得像一块冰）就是一个明喻。coldness（冷）是"冷"这一概念被表现为一种实际的、具体的事物。as（像）一词就标志着这个比喻是明喻。

暗喻（metaphor）是根据两个事物间的某种共同的特征，把一个事物的名称用在另一个事物上的一种手法，说话人不直接点明，而要靠读者自己去意会。暗喻和明喻有形式上的差异，即在暗喻里本体与喻体之

6

间不用 like 或 as（像、好像、好似、如）这一类的比喻词作为媒介。从结构形式上看，暗喻比明喻简捷，但在意义上却藏而不露，较为含蓄、深刻。下面的两个例句翻译过来都是"世界就像一个舞台"，但表达手法上有明喻和暗喻的差别。

The world is like a stage.（明喻）

All the world is a stage.（暗喻）

第二节　英美文学翻译的艺术本质

翻译的任务就是把原作中包含的现实世界的逻辑映象或艺术映象，完好无损地从一种语言中移注到另一种语言中去。在这个定义中，逻辑映象的移注指的是科技类翻译；艺术映象的移注指的是文学类翻译，前者一般只涉及逻辑问题，后者除了涉及逻辑问题，更重要的是还涉及美学问题。因此，逻辑映象和艺术映象虽然同称为映象，两者之间却有着本质的差别。所谓逻辑映象，实际上就是用科学概念表达的事物的逻辑关系；而所谓艺术映象，实际上就是用艺术形象反映出来的一定的社会生活场景。

过去，也有一些翻译理论家给文学翻译下过定义。例如，中国现代作家、文学评论家茅盾说："文学的翻译是用另一种语言，把原作的艺术意境传达出来，使读者在读译文的时候能够像读原作一样得到启发、感动和美的感受。"苏联翻译理论家加切奇拉泽（Gachechiladze）说："文艺翻译是把用一种语言写成的作品用另一种语言再创作出来。"

这些定义无疑都是正确的，尤其是茅盾的定义，言简意赅，可以说是文学翻译的经典定义。不过，为了理论上的研究，我们还需要把社会实践性质和方法论上的依据纳入文学翻译的定义中去。为此，我们现在再给文学翻译下一个定义：文学翻译是文学领域内两个语言社会之间的交际过程和交际工具，它的目的是促进本语言社会的政治、经济和（或）文化进步，它的任务是把原作中包含的一定社会生活的映象完好无损地从一种语言移注到另一种语言中去。

所谓一定的社会生活的映象，或者说一定的艺术意境，一定的艺术现实，归根结底，也就是原作者按照自己的社会和审美理想反映的一定的社会生活。因此，文学翻译就不能不成为对原作中包含的社会生活映象（一定的艺术意境）进行认识和反映的过程，就不能不成为译者对原作中所反映的社会生活进行再认识和再反映的过程。由此可知，文学翻译也是一种用艺术形象认识和反映现实的形式。文学翻译的艺术本质就在这里。

近些年来，世界上出现了一股新的思潮，要把翻译（其中也包括文学翻译）纳入语言学轨道，把翻译理论（其中也包括文学翻译理论）纳入语言学的范围。比起过去关于翻译问题的美学思辨和关于翻译技巧的经验归纳，这是一种进步。这种思潮是现代科学技术飞速发展的自然结果。随着计算机时代的来临，机器翻译和人机对话已不再陌生。科学家迫切需要语言学家的帮助。因此，在当代，语言学和翻译理论在科学体系中的地位已大大提高，人们对语言学和翻译理论的兴趣也大大提高了。在这种情况下，翻译理论家当然力求把语言学和自然科学的最新研究成果运用到翻译理论上来，当然力求把翻译艺术转化为翻译科学。事实上，随着各国对翻译机器的研制，翻译艺术在很大程度上逐渐转化为翻译科学。这是历史的必然。但是，如果把文学翻译也纳入语言学的轨道，虽然一方面来说，是一种进步，但是从另一方面来说，其实是一种后退。语言学派的翻译理论的要害，是把艺术事实还原为语言事实，把美学问题还原为逻辑问题，然而事实上，在文学翻译的实践中，译者对原作不单单是进行语言学分析和逻辑分析，更重要的是进行思想分析和艺术分析。

苏联的费道罗夫和美国的奈达可以作为翻译理论界的语言学派的代

表，他们对翻译理论都有自己的贡献。但是，他们都企图把文学翻译完全纳入语言学轨道，这是一种不利的倾向。虽然文学翻译的确和语言学有着非常密切的关系，其密切程度甚至胜于文学创作和语言学的关系。但是，从根本上来说，文学翻译首先是一种艺术。因此，我们只有既从语言学角度来研究翻译理论，又从美学角度来研究翻译理论，才有可能在研究工作中取得成效。

总之，我们认为，第一，人们对一般翻译和文学翻译的性质的认识总是离不开人们的世界观和方法论。研究一般翻译和文学翻译所遵循的世界观和方法论就是翻译哲学。翻译哲学是翻译理论研究的指导思想，我们的翻译哲学就是马克思主义哲学。马克思主义的世界观是物质观、运动观、时空观的统一；马克思主义的方法论的核心是唯物辩证法。认识与实践的统一、主观与客观的统一、逻辑与历史的统一都是马克思主义的精髓，也是我们研究一般翻译和文学翻译时所必须遵守的基本原则。第二，翻译科学和翻译艺术在翻译实践和翻译研究中是不可分割的。无论是翻译科学还是翻译艺术都必须接受翻译哲学的指导。翻译哲学、翻译科学、翻译艺术相统一的观点就是我们的翻译观。

第三节　英美文学翻译的内容与形式

一、原文艺术内容和语言形式同译文艺术内容和语言形式的关系

文学译品也是文学作品，但是文学译品所反映的并不是译者自己所接触的社会生活，而是原作中包含的社会生活映象，也叫艺术意境（艺术现实）。因此，文学译品的艺术内容就是译者对原作中包含的社会生活映象的艺术认识，或者说是译者按照自己的社会和审美理想所反映的

一定的社会生活映象。由此可知，译文的艺术内容和原文的艺术内容并不同一，译文的艺术内容，不但包含着原作中的生活映象（艺术意境），而且包含着译者按照自己的社会和审美理想对这一生活映象的理解和评价。因此，我们不应该把译文的艺术内容和原文的艺术内容完全等同起来。

但是，由于文学翻译的艺术再创作性质，为了研究上的方便，我们不妨假定，在理想的情况下，我们可以客观地、正确地、毫无遗漏地把一定的生活映象从一种语言移注到另一种语言中去。这就是说，我们不妨假定原文的艺术内容就是译文的艺术内容。在这样的假定下，我们就能够考察译文的语言形式和原文的语言形式的关系。

在这里，我们需要对本书中使用的语言形式一词，给予科学的定义。这里所谓的语言形式是指摆脱了语言外壳的内部形式。任何事物都有自己的内容和形式，形式可以进一步划分为外部形式和内部形式。举例来说，一个人的内容就是他的各种社会关系的总和，他的形式就是他的容貌、性格、人品等。内部形式还可以进一步划分为表层内部形式和里层内部形式。一般来说，表层内部形式同事物的物质材料关系密切一些，里层内部形式同事物的内容关系密切一些。容貌就是表层内部形式，性格、人品，就是里层内部形式。

文学作品的内部形式分为3个层次：语义结构（semantical structure）、修辞结构（rhetorical structure）和好音结构（euphonical structure）。语义结构和修辞结构属于里层内部形式；好音结构属于表层内部形式，同语言的物质外壳关系比较密切。我们所说的好音结构是指脚韵、头韵、好音法、拟声法、声音象征、诗歌格律以及语调、节奏等形成的结构。词、词组和句子都可以有语义一层结构，也可以兼有语义和修辞两层结构，或语义和好音两层结构，或可以兼有语义、修辞和好音三层结构。有一些英语词（词组）和汉语词（词组）具有同样的语义结构（其中许多是通过翻译形成的）。例如：

sleeping car	卧铺车
state bank	国家银行
ways of living	生活方式
school bus	校车
Silk Road	丝绸之路

但是，更多的情况是，两者并不具有同样的语义结构。例如：

city hall	市政厅
sweet heart	情人
mother land	祖国
black tea	红茶
red tape	繁文缛节
top dog	胜利者

特别值得注意的是，有少数英语词（词组）和汉语词（词组）的语义结构一样，但意思并不一样。这种词（词组）就像一个陷阱，稍一不慎，很容易上当。

英语词（词组）有时可以兼有两层结构或三层结构，但要为这样的英语词（词组）找到相应的汉语词（词组），却是非常困难的，如英语词组 hot potato 兼有两层结构：一层是语义结构（热马铃薯），一层是修辞结构（暗喻，指难题）。遇到这个词组时，一般译作难题，既牺牲了语义结构，又牺牲了修辞结构。

经过以上对译文艺术内容和语言形式同原文艺术内容和语言形式的关系的粗略分析，我们可以知道，译文的艺术内容和原文的艺术内容并不是同一的东西，译文的语言形式和原文的语言形式更不是铢两悉称的；文学翻译原是一个同时探索译文艺术内容和译文语言形式的过程。只是为了研究上的方便，我们才假定译文的艺术内容就是原文的艺术内容。在这种假定下，我们就可以得出，文学翻译是一个在新的语言基础上把作品的艺术内容和语言形式重新进行统一的过程。那么，怎样才能在新的语言基础上把作品的艺术内容和语言形式很好地重新统一呢？这个问题是一个十分复杂的问题。

在文学创作中、内容和形式的统一有两种类型。作品内容和形式的统一可以是建立在真实地反映生活的基础之上的，也可以不是建立在这种基础之上的。在后一种情况下，作品也许不能真实地反映一定的社会生活，但是作品本身的内容和形式仍然可能是和谐统一的。

在文学翻译中，内容和形式的统一也有两种类型。文学译品的内容和形式的统一可以是建立在真实地反映原作艺术意境的基础之上的，也可以不是建立在这种基础之上的。在后一种情况下，文学译品也许不能真实地再现原作的艺术意境，但是文学译品本身的内容和形式仍然可能是和谐统一的。这一类型的文学译品不符合我们的要求，因此不在我们讨论之列。一般来说，我们要求文学译品在真实反映原作艺术意境的基础上，来求得内容和形式的和谐统一。

二、把原作艺术意境作为探求译文艺术内容和语言形式的出发点

在探求译文艺术内容和语言形式的时候，我们可以有两种不同的出发点，从而也就有两种不同的结果。我们可以把原文的语言形式作为出发点，力求加以复制，更精确地说，就是如费道罗夫所说，力求"复制原文形式的特点（如果语言条件允许的话），或创造在作用上与原文特点相符合的东西"。这种方法是从形式走向形式的方法，可以称作复制原作的翻译方法，又叫形式主义的方法。我们也可以把原作的艺术意境作为出发点，力求抓住这一艺术意境作为自己的文学译品的艺术内容，同时力求在译文语言中寻找可以表现这一意境的完美的语言形式，而不受原作语言形式的束缚。这种方法是从内容走向形式的方法，可以称作再现意境的翻译方法，又叫再创造的方法。

第一种方法由于没有抓住原作艺术意境，也不了解同一艺术意境在不同语言中不同的语言形式，居于被动地位，处处捉襟见肘，穷于应付，往往不能真实地再现原作艺术意境。

第二种方法由于抓住了原作艺术意境，居于主动地位，处处得心应手，左右逢源，往往能真实地再现原作艺术意境。

总之，抓住原作艺术意境，并且真实地加以再现就是翻译艺术真谛之所在。

三、寻找完美的语言形式

在文学创作中，内容和形式的和谐统一是一项根本性的要求。作品形式必须符合内容的性质和特点。形式的粗陋和松懈必然导致内容的贫乏化。在文学翻译中也是这样。下面是几个关于准确性的例子：

The company applauded the clever deception, for none could tell when Chopin stopped and Liszt began.

译文 1：在座的人无不称赞这种巧妙的骗术，因为谁也不知道在什么时候肖邦停了下来，由李斯特接着弹下去。

译文 2：在座的人对这种移花接木的巧妙手法，无不啧啧称赞，因为谁也不知道在什么时候肖邦停了下来，由李斯特接着弹奏下去。

deception 确有"欺骗"之意，但是，在这个具体场合译为"移花接木的手法"比译为"骗术"要准确得多。

He was an accomplished host.

译文 1：他是一位有才艺的主人。

译文 2：他是一位八面玲珑的主人。

在这里，accomplished 译为"八面玲珑的"比译为"有才艺的"准确得多。

But you look grave, Marianne, do you disapprove your sister's choice?

译文 1：可是，玛丽安，你看上去很严肃；你不同意你姐姐的选择吗？

译文 2：可是，玛丽安，你板着个脸；你不同意你姐姐的选择吗？

在这里，look grave 译为"板着个脸"比译为"看上去很严肃"要准确。

总之，准确、鲜明、生动、自然是翻译艺术中完美的语言形式的四项要求。这四项要求不仅适用于文学翻译，还适用于非文学翻译。

第四节　英美文学翻译的具体特性

一、文学翻译的思想性

我们已经说过，文学翻译也是一种艺术，也是一种以艺术形象认识和反映现实的形式。凡是艺术，都不会单纯地、消极地反映现实。艺术家总是要按照自己的世界观来反映生活、说明生活、裁判生活。文学翻译也是这样，只不过情况更加复杂而已。翻译家总是要按照自己的世界观来反映原作所反映的社会生活，并给予社会评价和审美评价。但是，翻译所反映的是翻译家按照自己的世界观反映的原作所反映的社会生活，而原作者又是按照他自己的世界观来反映社会生活的。因此，在文学翻译中，就会出现译者的世界观和作者的世界观的矛盾，出现译者对生活的理解和评价同作者对生活的理解和评价的矛盾。

这个问题曾经在翻译史上引起不少争论。例如，英国翻译理论家泰特勒就赞美蒲伯在翻译荷马史诗时把诗中的粗鄙词句都改为文雅词句，而另一位翻译理论家阿诺德则指摘蒲伯把荷马史诗美化了，于是产生了在道德上是否应随原作沉浮的问题。泰特勒主张译者的译文在道德上应当永远高于原作者。

这场争论当然没有结果，原因是这不单单是一个主观意图的问题。翻译家即是不是有意的，也必然要无意地把自己的社会观和审美观的痕迹留在译文中。这是一条不以人们的意志为转移的客观法则。从形而上学的观点来看，译者的世界观和作者的世界观的矛盾似乎永远是无法解决的矛盾。但是，从辩证法的观点来看，这一矛盾是可以解决的。

由于文学翻译是极其复杂的现象，其思想性在文学翻译中的表现形式同它在文学创作中的表现形式有很大不同。一般来说，它包含以下四方面内容：

第一，我们的翻译家不应挑选、翻译和介绍内容反动腐朽、对人民群众有害无益的文学作品（出于研究目的时除外），而应挑选、翻译并向国内介绍对人民群众有益、确有思想和艺术价值的文学作品。

第二，我们的翻译家应当用自己先进的世界观，去认识和再现原作中所反映的社会生活的本质特征和规律性。这就是说，我们的翻译家应当按照原作艺术意境的本来面目，如实进行再现，而不能给这一艺术意境蒙上一层非固有的社会或审美色彩。

第三，我们的翻译家要运用自己的逻辑思维能力、形象思维能力和全部创作才能，对原作中的艺术意境，积极给予审美评价，而不能采取漠不关心的态度。

第四，我们的翻译家应当努力发掘一切值得翻译的有价值的文学作品和其中一切有益的部分。

思想性还有一项极其重要的内容：我们的文学翻译作品要有为我国和世界的政治、经济和文化的进步而服务的动机和效果。这也可以称为"社会效益"原则。

二、文学翻译的真实性

是否真实地反映一定的社会生活是衡量文学创作的艺术价值的主要标准。文学创作通过艺术形象来反映生活，也就是通过个别显示一般，通过生活细节来揭示生活的本质和规律性；而且，这种艺术形象（艺术意境）还应该以艺术的方式表现出来。文学翻译需要真实地再现原作中包含的生活映象。不然，译文同原作相比，就会面目全非。而要想达到细节真实，在翻译中就必须遵守同一律。例如，在英国女作家简·奥斯汀的长篇小说《傲慢与偏见》中，女主人公伊丽莎白在拒绝达西的第一次求婚时，说了下面一段话：

I had not known you a month before I felt that you were the last man in the world whom I could ever be prevailed on to marry.

我还没有认识你一个月，就觉得哪怕我一辈子都找不到男人，也休想让我嫁给你。

译文中伊丽莎白的口吻和原文中一样，声色俱厉，毫不留情，不违反同一律。

从上所述可以知道，在翻译艺术中，同一律既包括了原则性，又包括了灵活性。原则性和灵活性本来就是一件事情的两个方面：原则性就是在任何情况下，译者都必须真实地再现原作中包含的生活映象；灵活性就是译者可以用有别于原著的表现方法，来真实地再现原著中包含的生活映象。遵守同一律是使文学翻译达到细节真实的唯一方法。

第五节　英美文化翻译的标准与原则

一、整体把握

整体性原则是一切艺术的普遍审美原则。整体性原则要求创作者从整体上把握艺术创造的全过程。丰子恺在《艺术三味》中写道："有一次我看到吴昌硕写的一方字，觉得单看各笔画，并不好；单看各个字，各行字，也并不好。然而看这方字的全体，就觉得有一种说不出的好处。单看时觉得不好的地方，全体看时都变好，非此反不美了。原来作为艺术品的这幅字，不是笔笔、字字、行行的集合，而是一个融合不可分解的全体。各笔各字各行对于全体都是有机的，即为全体的一员。字的或大或小、或偏或正、或肥或瘦、或浓或淡、或刚或柔都是全体构成上的必要，绝不是偶然的。即都是为全体而然，不是为个体自己而然的。"[①]翻译与书画创作虽然运用的材料与技法不同，但在审美原则上是一致的。丰子恺的这段话不单单对译者启示了审美原则，更对我们启示了"整体"的方法论意义。文学作品的译本是以其整体的和谐为审美原则的。和谐以原作和译作的有机整体性为基础，离开了整体，就谈不上和谐。译者要营造译作的有机整体，先要对原作的有机整体（包括原作的思想内容和艺术形式）进行解读，然后在艺术传达的过程中对原作的艺术整体进行具体的有序的重构。在原作解读方面，译者应依据格式塔心理学的有关原理和方法，通过对原作的感知、理解和领悟，把握原作的内在意蕴和结构的艺术。这里需要注意，译者对原作的解读不同于文学研究者对作品的解读。译者解读原作是为了翻译，而文学研究者的解读是为了研

---

① 张晓春，龚建星．艺林散步 [M]．上海：上海社会科学院出版社，1995：86.

究，两者所关注的重点不同。例如，解读一部小说，文学研究者可能会更多地关注人物形象的构成、形象体系的构置、叙述形式的艺术性等文学要素；而译者关注的是翻译学要素。除了从整体上把握审美意义、对本国读者可能产生的影响外，译者更多地关注作品的语言形式，包括它相对于原著的难易程度、翻译的难度。在艺术传达方面，译者的整体把握就是心中有整体、从整体着眼、从局部着手，按照"和谐"的翻译原则行事，在词句、段落的表达方面既要考虑它在整体中的适中，又要考虑它与原作以及译作的各方面关系的协调。

在翻译实践中，西方语言的一词多义现象使译者随时都有可能面临选择，而译者做出判断与选择的依据正是他的整体和谐观念。

二、译意为主

文学作品的内容和形式是一个有机整体，内容包含着形式，形式包含着内容。在翻译实践中，原作内容和形式的传达往往会产生矛盾。译作要让读者看懂，就必须把原作的意思译出来，可是有时却牺牲了原作的表现形式。这种两难的境地是文学翻译的本质决定的，是"言"与"意"的对立问题，也是"直译"与"意译"的问题。

我国很早就有了对这两种翻译倾向的辩论。古代佛经译者的"文质之争"、20世纪30年代之交的"信""顺"之争都与这两种翻译倾向有直接的关系。所谓"直译"，就是译文在词句上与原作的词句相对应，西方人称其为"逐词对译"；"意译"则不太讲究词句上的对应，而强调把原作的意思翻译出来。对于非文学翻译，如理论著作、法律文件、国际条约，译者一般倾向于"直译"。而文学作品的翻译就有两种意见，一种意见倾向于"直译"，另一种倾向于"意译"。例如，鲁迅主张"硬译""宁信而不顺"，就是倾向于"直译"。但是，鲁迅并不是要逐词翻译，他曾批评把 go down on one's knee（跪下）译作"跪在膝之上"，把 the Milky Way（银河）译作"牛奶路"。严格说来，"直译"与"意译"

并不是学科意义上的翻译方法，不能作为文学翻译的指导原则。从翻译的实际情况来看，"直译"是行不通的。

有学者认为，很多例子都不能"直译"，原因是如果都按照原文的词句形式逐词翻译过来，有些词句的意思就完全变了。可见，"直译"作为一种翻译方法是不科学的，对翻译实践没有普遍的指导意义。但是，"直译"作为翻译活动中的一种倾向，对于我们探索文学翻译的艺术生成具有积极的方法论意义。"直译"的倾向是我国传统的"以信为本"的翻译思想的反映，它的方法论意义在于提醒译者在形式上紧贴原作，不可脱离原作。我们在"直译"倾向的基础上，提出"意译为主，形意相随"的原则。在大多数情况下，翻译是以"意译"为主的，毕竟翻译的主要目的是让读者领会原作的意蕴。如果译文让读者看不懂，等于没有翻译。"形意相随"是对"意译为主"的限定和补充。在一般情况下，"意译"要保持原作的形式。有时为了传达原文的"意"，不得不改变原作的表达形式，此时原文的"意"随着形式的改变，也发生了一定程度的改变，但是不影响（或者有利于）译文整体上的和谐。尤金·奈达说，"Translation means translating the meaning"也是指"意译"为主，并且尽量不改变原作的形式。从语言学的角度看，由于人类思维方式具有一致性，不同国家与民族的语言之间是有共性的，不同的语言之中藏匿着原生的共通性。这种共通性表现在语言的形式上，就是一致性。这就是说，中外文学语言有差异，也有一致性。译者在翻译时不需要完全彻底地改变原作的表达形式，而只需在那些"不一致"的地方改变原作的形式。

三、以句为元

作为文学翻译的方法原则，"以句为元"是对"意译为主"的补充。在翻译实践中，不论是把外国文学作品译成中文，还是把中国文学作品译成外文，不改变原作的形式是不可能的。而改变程度最大的是词性和词序，改变程度较小的是句子结构。原作者的表达手段在翻译中基本可以保留。

"以句为元"的方法原则是"和谐"理论的具体体现。"以句为元"，关注的是句子与句子之间的和谐，句子与段落、篇章之间的和谐，译语句子与原语句子之间的和谐，译语的段落、篇章与原文的段落、篇章之间的和谐。译者把握和谐的关键是整体观念。在翻译过程中，译者的审美意识处于紧张状态，他的视知觉在接触原作的每个句子时，先捕捉的是句子的含义，并且这种捕捉是在瞬间完成的。在这一瞬间，译者关注的是句子的意义，而不可能是句子内部的词素、音位、词组等具体含义。有一定翻译实践经验的人都有这种体会，意义的瞬间生成凭的是译者的直觉。

"以句为元"并不是一定要把原作的一个句子译作一个句子。在翻译实践中，译者在整体和谐原则的指导下，可以把原作里的一个句子译作一个句子，也可以译作几个句子，也可以把原作里的两个或者两个以上的句子译作一个句子。"以句为元"要求译者在断句或者造句时遵循文学翻译的整体性原则，既注意译作与原作之间的和谐，又注意译作本身的和谐。

四、以得补失

以得补失是我国传统的翻译方法原则，是译者针对不可译性和抗译性所采取的创造性手段。翻译本身是和谐与不和谐的矛盾统一，由于译者的体会与原作的艺术现实之间有一定距离，他（她）的"心"与"手"之间也有一定的距离，所以译者在翻译中必然会遇到主观与客观、意会与言传之间的矛盾。在这种情况下，老练的译者往往因难见巧，能够采取以得补失的手段，在不和谐中制造和谐。

翻译过程中的"得"与"失"，往往表现在"言"与"意"，即形式与内容两个方面。翻译活动本身固有的矛盾往往把译者置于两难境地，得其意而失其言，或者得其言而失其意。应该说，"得"与"失"是一个统一体的两个方面，是相辅相成的。所谓以得补失，是指在"言"与"意"不能两全的情况下，译者以一方面的成功弥补另一方面的损失，使译文达到整体和谐的效果。以得补失多半是译者在某种程度上背离原作的语言形式，由于原作形式改变，原作内容在翻译中也会有一定流失，但译文的和谐畅达能够弥补原作形式的不足和内容的流失。

五、显隐得当

译者的"自我"在译文中的显现是不可避免的。文学翻译是审美的创造性的活动，译者作为创造的主体，其个性必然会在译作中显现出来。但是，文学翻译毕竟是"隐性"的艺术，译者的再创作是受原作约束的，不能像画家和诗人那样挥洒自如地表现"自我"。这就出现了"显"与"隐"的矛盾。优秀的译作是"显"与"隐"的和谐一致，让读者察觉不到译者"自我"的存在。平庸的译作往往会不恰当地突出译者的面孔。译者作风的过分显露会像一团迷雾遮蔽了原作的真面目，直接对原作的风格造成损害。那么，译者要如何克制"自我"，才能使"自我"在译作中显隐得当呢？我们认为，译者要做到显隐得当，需要保持清醒的头脑，注意克制创作冲动，自觉接受原作的束缚。具体地说，译者接受原作的束缚，就是在翻译中自觉地紧贴原作，以原作的内容和形式来约束自己，时时处处与原作保持一种和谐的关系，不随便添加内容，在有限的范围内发挥再创造的自由。我们可以用两条直线来规范译者的再创造。设定原作的"意链"是一条直线，那么译者的翻译活动是沿着这条直线前行的，其再创造的"轨迹"应该是一条与"意链"平行的直线。但是，由于译者的理解跟原作之间有距离，译者的"心"与"手"之间有距离，译作的"意链"不可能是一条直线，而只能是一条曲线。译者在翻译中要尽可能贴近原文，尽量不走弯路，保持运动曲线尽可能地平直，紧贴原作的直线。这样，译者的"自我"就会得到一定程度的限制。

第二章　主体维度下的英美文学翻译研究

在翻译活动中，主体、主体性和主体间性有着明确的所指。译者是翻译活动的主体，是"操纵"文本的具体实施者，而影响翻译活动的进行和结果，除了译者主体的主体性，还有作者和读者的主体性。也就是说，作者和读者并不表现为翻译活动中的具体主体，但具有主体的作用，即具有主体性质。作者的主体性是由翻译在原著基础上的再创作这一本质决定的，而读者的主体性代表了译语文化对翻译活动的规范和制约。翻译活动就是调节、协商这三种关系的活动，这种不同的互文关系，即主体间性，同时也是翻译主体性研究的重心所在。本章从主体维度分析英美文学翻译问题。

第一节　对话与独白

对话与独白是一对互相对立的概念，将对话与独白进行对比分析，可以更清楚地了解对话的本质特点，更好地区别对话与独白，明确对话的重要意义。因此，本节先提出对话的基本含义，在与独白进行对比的基础上，明确对话的本质及意义。

一、对话

事实上，对话不但具有传情达意、指物叙事的语言功能，而且具有交际的开放自我、走向他人的社会功能，甚至世界的本质都可以归结为对话或对话性。对话是人与人之间相互作用的过程，人类生活的各个领域都有对话关系的存在。"语言只能存在于使用者之间的对话关系之中，对话交际才是语言的真正所在。语言的整个生命无论是在哪个领域，无不渗透着对话关系。"[①]"对话关系几乎无所不在，它浸透了整个人类的语言、人类生活的一切关系和一切表现形式，总之它浸透了一切蕴涵意义的事物。"[②]

德国哲学家马丁·布伯（Martin Buber）认为，对话的生命在于"内在行为的相互性"，在于"在对话中被联结在一起的两个人一定明确地

[①] 巴赫金.陀思妥耶夫斯基诗学问题 [M].白春仁，顾亚铃，译.北京：生活·读书·新知三联书店，1988：252.

[②] 巴赫金.诗学与访谈 [M].白春仁，顾亚铃，译.石家庄：河北教育出版社，1998：55–56.

互相转向对方"，对话的根本性在于人们的相互关系的根本性。所以，真正的对话是"从一个开放心灵者看到另一个开放心灵者之话语。唯有此时，真正的共同人生才会出现；这种人生不是那种具有同一信仰内容之人生，而是一定境况中之人生，是痛苦与期待之人生"①。"对话人生并非那种你与人们有大量交往的人生，而是那种你在其中与你交往的人有真正交往的人生。"②真正的对话是在两者之间发生的，是相互间的双向关系，是相互提问、相互应答又相互作用的关系。

英国著名学者戴维·伯姆（David Bohm）认为对话是一种多层面的过程，而不只是简单的谈话和交流。他考察了"对话"（dialogue）一词的词源，认为 dialogue 来自希腊语的 dialogos。希腊语中，logos 的含义是"词"（word），即"词的意义"；dia 的意思不是指"两个"，而是指"通过"或"经由"（through）。也就是说，对话并不意味着只是在两个人之间进行，它可以在多者间进行，当对话的精神力量出现时，一个人甚至可以和自己形成对话。因此，对话不是指数量上的界定，对话可以发生在任何人中间。"对话仿佛是一种流淌于人们之间的意义溪流，它使所有对话者都能够参与和分享这一意义之溪，并因此能够在群体中萌生新的理解和共识。"③对话是一种纯粹的意义溪流的流动，不拘泥于固定目的的界限，它所强调的是对话过程中各个参与者之间思想的激荡、交流和创新。我们"更倾向于注意到从对话中获取的其他的益处：彼此的友谊，平和地纠正错误，从彼此处学习怎样更好地思考和虔诚地行动，甚至只是单纯地分享彼此间的异同……从根本上讲，对话较少地关注方式、话语和政见，而是更多地关注寻求真理"④。

---

① 布伯.人与人 [M].张健，韦海英，译.北京：作家出版社，1992：16.
② 布伯.人与人 [M].张健，韦海英，译.北京：作家出版社，1992：31.
③ 伯姆.论对话 [M].王松涛，译.北京：教育科学出版社，2004：6.
④ 同上.

二、独白

要清楚地理解对话的含义，还要对独白的意义有所了解。

《牛津英语词典》中 monologue 的定义如下：

l.One who does all the talking.

2.(1)A scene in which a person of the drama speaks by himself, contrasted with chorus and dialogue. Also in modern use, a dramatic composition for a single performer; a kind of dramatic entertainment performed throughout by one person.

(2)In generalized sense: Literary composition of this nature.

(3)A poem, or other non-dramatic composition, in the form of soliloquy.

3.A long speech or harangue delivered by one person who is in company or conversation with others; talk or discourse of the nature of a soliloquy.

其中定义 1 指的是包揽所有言谈的人。定义 2（1）是 monologue 最初的意义，指戏剧表演者自说自话的场景，是与"合唱"或者"对话"对立的；2（2）和 2（3）将这一概念扩大到文学领域内的非戏剧类作品。定义 3 把独白概念扩大到日常生活中，即某人在与他人相处或交谈中进行的长篇大论的演讲或讲话；或者是与戏剧独白类似的谈话或语篇。

在我国，独白是一个后起的词，传统文学理论研究中有关独白的概念多见于戏剧。1973 年出版的《现代汉语词典》（试用本）将独白定义为"戏剧、电影中角色独自抒发个人情感和愿望的话"①。而 1989 出版的

① 中国科学院语言研究所词典编辑室．现代汉语词典：试用本 [M]．北京：商务印书馆，1973：309．

《辞海》则把独白定义为一个戏剧名词，指"剧中角色独自一人所说的台词"①。

从以上定义可以看出，中英文词典对 monologue 或者"独白"所下的定义都非常简短，但我们还是可以从中总结出独白概念的主要特征：

（1）在独白中，只有一个说者。在由两个或以上的人组成的人群中也可以产生独白关系，原因是说者和他者之间没有形成意义的双向流动。

（2）独白是一种关系。无论是在戏剧表演还是在现实生活中，说话者并不是孤立地存在，而是处在与他人的关系中。独白是说者主观上的一种态度。

第二节　英美文学翻译中的关系世界

一、独白关系

（一）作者与译者之间的独白关系

1.作者中心

自柏拉图和亚里士多德以来，西方学者普遍认为，在人类理解和解释的过程中，言语较之文学符号具有一种优越性；言语是真正的意义之源，文字只是一种派生的交流形式。亚里士多德就曾明确表示："口语是心灵的经验的符号，而文字则是口语的符号。"②17世纪笛卡尔的"我思故我在"使哲学开始由本体论向认识论转变，确立了人的主体性原则。笛卡尔的"我思"强调的是作为思维主体的人，一个具有先验理性的人。

---

① 辞海编辑委员会.辞海 [M].上海：上海辞书出版社，1989.

② 亚里士多德.范畴篇·解释篇 [M].方书春，译.北京：商务印书馆，2003：55.

在这些思想的影响下，无论在西方还是东方，很长一段时间里，作者都被视为作品的绝对权威，作者对自己创作出来的作品有着绝对的控制权。作品的价值来自作者，作品是作者的思想、情感的忠实记录。作者在创作出作品的同时，也创造了作品的意义。作品的意义就是作者寄寓于作品之中的原意。作者对自己意图的表达就是文本得以产生的源动力，文本存在的意义是表达作者的原意，作者通过文本使自己的意图为读者所把握。这种文本观将作者和作品视为完全对立的两极，作者的思想和原意毫无阻碍地直接通向最终的作品，作品中的文字是作者思想的完整而忠实的体现。作品形成之后，通过文本这一媒介，作者和读者相互连接，作者对生活的体验及思考在读者那里得到传承，传统得以延续。据此，传统文学理论认为，一部作品只有一个，也只能有一个真正的原意。只有原意是衡量作品意义是否正确的客观标准。读者解读文本的整个理解活动的根本目标就是把握作者原意，根据文字的表面意义对作者寄托在作品语言中的真正意旨进行推断，并努力靠近这个唯一正确的意义。从这个意义上来说，作品完全是作者个人独白的产物，文本被动地承载着作者的思想，无声地将其再现在作品中。而在作者、文本和读者这三者之间的关系中，作者意图始终起着支配作用，作者是绝对核心，读者居于次要的地位。读者的存在改变不了作者作为作品"主人"的地位，读者和作者之间虽然通过文本连接在了一起，但是没有对话的可能，读者只能竭尽全力去揣摩和充分理解作者的原意，最终见证作者和作品的价值。

受作者中心论的影响，以文学作品为主要翻译对象的文学翻译活动也始终以忠实于作者原意为最高宗旨。作者和译者之间的关系好比主人和仆人。在作者的光环笼罩下，译者的地位常常被压抑、不被重视，这种状态持续了千年之久。对"忠实"观念近乎顽固的追求使得译者永远生活在作者的权威阴影下。译者的声音被忽略，虽然偶尔也能听到来自译者的异样的声音，但其话语权在传统翻译语境下总是被边缘化。

纵观西方翻译史，传统翻译理论研究也很难摆脱"作者中心"的影响。斐洛认为译者的任务是字字对译。[①]16世纪，西方翻译研究的焦点主要集中于"翻译是一种模仿"，翻译被视为对原文的复制或者模仿。荷马史诗的译者乔治·查普曼（George Chapman）和艾蒂安·多雷（Etienne Dolet）认为，译者处理原文也应当像做学问一样，严谨准确而又恰如其分。文艺复兴时期，译者既想"复制与摹写原文"，又想"别创体制"，发出自己的声音。[②]18世纪中叶，乔治·坎贝尔（George Campbell）提出翻译应当准确地再现原作的意思，在符合译作语言特征的前提下尽可能地移植原作者的精神和风格，使译作像原作那样自然流畅。泰特勒（Tytler）提出了著名的"翻译三原则"，其成为西方翻译史上一座重要的里程碑：译文应完全复写出原作的思想；译文的风格和笔调应与原文相同；译文应和原作同样流畅。无论是原作的思想、原作的意思还是原作的精神，在当时的理论背景下，都是作者赋意前提下的产物，理解活动的根本目的是发现原作者的意图，之后才有可能在译文中将作者的原意明确地表达和再现。

2.译者中心

进入20世纪，西方哲学、文学理论飞速发展，取得了丰硕的成果。其最主要的影响是使长期处于被动地位的读者从作者的权威下解放出来，并积极活跃在文本意义的创生过程中。20世纪西方现代文论的理论重心之一是摈弃了作者对文本意义的独白式话语权威，进而完全放逐作者的"在场"，最终完成一切话语中对主体性的消解。

新批评派的"意图谬误"和"情感谬误"斩断了作者与文本间的联系，罗兰·巴尔特（Roland Barthes）的"可写性文本"则"使读者不是通过语言去观看一个先定的世界，而是去洞悉语言自身的新本质，并

---

① 谭载喜.西方翻译简史[M].北京：商务印书馆，2000：29.

② 谭载喜.西方翻译简史[M].北京：商务印书馆，2000：35.

与作者一起参与创造作品中世界的新意义"①。巴特说："读者的诞生必须以作者的死亡为代价。"② 由此，文本意义加快了进程，文本的多元书写意义获得了解放。这意味着读者被推到了前台，取代了作者的地位，同时也就意味着作为特殊读者的译者主体的彻底解放。法国哲学家德里达（Derrida）宣称解构一切中心，破除逻各斯中心主义，关注文本符号，主张"文本之外，别无他物"，文本不存在什么终极意义。解构主义就这样将传统翻译研究的三大基本理论基点（"忠实"原则，原作者的权威，作者—译者、原作—译作的二元对立关系）彻底解构。

（二）译者与原文文本之间的独白关系

20 世纪，随着语言学转变和解释学转变，人们普遍认为文学意义不是一种独立的客观存在，而是文学语言本身的构建，于是以作品为中心的文学意义观应运而生。俄国形式主义关注"文学性和文学技巧"；新批评派以"意图谬误"和"情感谬误"两把利剑斩断了与作者、读者的联系，以此来消解作者主体；结构主义则认为，文本的意义来自语言内部的结构，作品的意义不是由作者的主观意图决定的，语言符号和它所指代的现实之间也没有本质的直接联系。这样，作者中心论便让位于文本中心论。

文本中心论的杰出代表是法国的利科尔（Ricoeur），他在对解释学进行历史反思的基础上，建构了富于建设性的"文本中心论"解释学——文本解释学。利科尔认为，施莱尔马赫（Schleiermacher）和狄尔泰（Dilthey）的解释学都陷入了一种困境，就是把对文本的理解置于在对文本中表达自身的另一人的理解的法则之下，把在文本中表达自身的作者看成最终的解释者。利科尔将文本作为理解和解释的核心，构建起了自

---

① 王岳川. 现象学与解释学文论 [M]. 济南：山东教育出版社，1999：368.
② 巴尔特. 符号学原理 [M]. 李幼蒸，译. 北京：生活·读书·新知三联书店，1988：155.

己的文本中心论解释学体系，他把文本定义为"任何由书写所固定下来的任何话语"，并与"作为口语形式出现的话语"区分开来。①

文本一旦创作完成，就脱离了作者创作时的特定语境，获得了一种自主性，这使得文本意义与作者的主观意图并不完全一致。作者和读者没法像对话者那样处于共同的时空关系中，其所处的是由对话关系中特定的语境转化成的一种未定的语境，有待于在不断变化的文本解读关系中重新建立起来。文本以书写形式固定下来后就脱离了特定的言谈情境，摆脱了直接的限制，其意义也从既定的对话关系中释放出来，转化成了一种有待于实现的可能性，并具有了不确定性。因此，文本才是解释学应该关注的主题。如果解释学的主要关注不是揭示隐藏在文本之后的意图，而是展示文本面前的世界，那么真正的自我理解正如海德格尔（Heidegger）和伽达默尔（Gadamer）所认为的，乃是某种可以由"文本的内容"指导的东西。理解与文本世界的关系取代了与作者的主观性的关系，同时读者的主观性问题也被取代了。

文本中心论瓦解了作者至高无上的地位，这是符合历史发展规律的，然而在完全消解作者主体性的同时，它也彻底否定了读者在文本解读过程中的主体性。在文学领域复杂的关系网络中，这种彻底否定一方、彻底肯定另外一方的极端二元对立思想显然是独白的另一种表现形式。

（三）原文与译文之间的独白关系

原文与译文之间的关系一直是翻译理论研究者所关注的重点之一。在"忠实论"占据统治地位的时代，译文毫无疑问应该唯原文"马首是瞻"，译文的一切都来源于原文，因而应该是对原文的精确模仿，从形式到内容，都应该尽可能地忠实。实在做不到忠实，也要尽可能得到原文的精髓，模仿其风骨，从而达到神似的效果。随着解构主义思潮向翻

① 利科尔．解释学与人文科学 [M]．陶远华，袁耀东，冯俊，等译．石家庄：河北人民出版社，1987：148.

译领域的延伸，译文逐渐变成了对原文的重写，根据翻译目的的不同，同一原文可以有几种甚至十几种不同的译文。本书主要探讨原文和译文之间的独白关系形态。

1.译文是对原文的模仿

早在 1545 年，杜芒（du Mans）就提出翻译是"最真切的一种模仿"[①]，这种模仿不仅是形式上的，还是整体效果的模仿。此后的几百年里，无论在东方还是西方，翻译的最高标准就是对原文的绝对忠实。虽然有不少翻译家曾提出，翻译应该是一种艺术，其中包含译者的艺术创造，但这种艺术与作者的创作完全不可同日而语。翻译就是尽可能地摹写原文的特征，并尽可能地将其在目的语中再现。在这个过程中，译者应该竭尽全力避免将自己的个性和风格带入译文中，从而保证译文的纯粹性，保证译文是原文的精确模仿。在中国传统译论中严复提出的"信、达、雅"、林语堂提出"忠实、通顺、美"、傅雷的"神似"说、"风骨"说、"信、达、切"标准等，都要求译者尽可能地在译文中再现原文的内容和风格，最好能将原文的所有特征都体现在译文中，从而使译文读者得到和原文读者一样的感受和体验。在这种关系模式下，原文至高无上的地位不容动摇。而译者在进行翻译过程中，只能在原文划定的区域内活动，必须对原文进行最大程度的模仿，不能越雷池半步，更不能在译文中表现出个人风格或者特性。"模仿说"或者"忠实"标准统治了翻译界几百年，确实有其存在的道理，但是随着国际间交往合作的日益增多，出现了越来越多的译文形式，原文作者的绝对权威逐渐被消解，读者和译者的主体性作用日益受到重视，这些最终导致了文本阐释的多元化以及翻译标准的多元化。

①HERMANS T. The manipulation of literature: studies in literary translation[M]. London and Sydney: Croom Helm, 1985: 104.

2.译文是对原文的再创造或重写

在翻译理论界，许多学者认为翻译是一种艺术，因而翻译过程就是译者进行艺术再创作的过程，如许渊冲就认为翻译是一种再创作，是译者和原作者之间的竞赛，好的译文是完全可以超越原文的。事实上，译者是带着自己的"前理解"进入原文的，在解读原文意义的过程中，译者不可避免地会加入自己的主观理解和想象。

此外，原文本身是一种图式化结构，其中包含了许多"未定点"和"空白"，有待于译者在阅读过程中填充和具体化。不同的译者对这些"未定点"和"空白"的具体化过程也不尽相同。因此，译者所理解的原文意义绝不仅仅是作者赋意或者作品意图所能限制的，而是在对原文的图式化结构不断进行填充和具体化的过程中得出的。正如伽达默尔所说："理解不只是一种复制行为，还始终是一种创造行为。"①

（四）译者与译文读者之间的独白关系

如果译者与译文读者之间的关系本质上是一种独白关系，显然只会有两个结果：或者完全关注译者，或者完全关注译文读者。而这两种截然不同的结果正好印证了翻译史上两者之间关系的发展历程。

1.历史上的译文读者：完全被忽视

长期以来，文学理论只关注对作者及其作品的研究，而对读者及读者对作品的接受视而不见。传统文学理论认为，对于读者来说，文学作品是由作者所创作的、先于读者而存在的客观现实，读者不可能对作者及其作品产生任何的影响。读者对作品的解读有赖于对作者的了解，以及读者本人认知、欣赏水平的高低。翻译研究由于深受文学理论的影响，在很长时间里，并未重视读者在翻译过程中所起的作用。传统翻译理论认为，译文读者只是译文的被动接收者，他们对译文的生产过程不会产

---

① 伽达默尔.真理与方法：哲学诠释学的基本特征：上卷 [M].洪汉鼎，译.上海：上海译文出版社，1999：383.

生任何影响。直到伽达默尔提出哲学解释学，读者在文学作品意义创生过程中的作用才逐渐引起了人们的关注，此后随着接受美学和读者反应批评的风生水起，读者对文学作品意义的解读的影响开始变得重要。这种文学理论思潮无疑对翻译文学也产生了一定的冲击。许多译者逐渐意识到，译文读者的需求对译文在目的语中的接受有着举足轻重的作用，因此在翻译过程中开始对原文进行调整以期被译文读者所接受。在特定情况下，译者会将译文读者的需求作为翻译活动最终的检验标准，从而导致了翻译活动中"读者中心范式"的出现。

2. 读者地位的崛起与翻译研究中的"读者中心范式"

伴随着文学理论逐渐实现由"作者中心"和"文本中心"向"读者中心"的转变，翻译研究领域内同样发生了重要变革。传统译论更多地将关注的目光投向作者与原文，如何在译文中传达原作的内容、风格、神韵，译文如何才能与原文等值，等等。这种将翻译放在真空里进行研究的独白模式忽视了文本之外的其他因素对翻译过程的影响。随着翻译文化研究学派的兴起，翻译活动被置于一个更广阔的文化大背景下加以考察，翻译研究的范式开始从规定走向描写，读者作为接受主体的作用渐渐受到关注并得到承认，译文读者的重要性也越来越受到重视，许多译者在翻译实践中有意或者无意地以读者的阅读期待引导着自己的翻译策略选择。例如，清末民初翻译高潮时期盛行意译，其中固然有政治因素的影响，但并不排除译者是为了译作被更多的读者了解和接受，考虑到当时读者的接受水平和阅读期待，所以在翻译过程中大量采用明清章回体小说格式翻译西洋小说，删去心理描写的场面，无中生有地增加故事情节，以中国式的人名、地名来指代西洋的人名、地名。在此过程中，译者将更多的注意力放在了吸引读者兴趣、满足读者的感官刺激上，而不考虑这种翻译行为事实上是对原文、原作者的一种暴力掠夺行为。这种主要以译文读者的阅读水平和期待视野为翻译指导方针的行为虽然有特定历史时期的影响，但仍然从一个侧面反映出，译者在翻译过程中对目标读者过分关注，也会形成一种独白关系，而这种独白关系会大大影响译者的翻译策略选择，并最终导致译文与原文之间独白关系的形成。

二、对话关系

（一）译者与原文作者的对话

文学作品的创造是作者与感性形象对话的产物，对文学作品的欣赏则是读者带着自己的阅读期待与作品对话，从而得到艺术的美感体验。从这个角度来看，以文学作品为实践对象的翻译活动也应该是各个参与者之间的对话过程。下面先对文学作品的对话本质进行分析，在此基础上，以对话哲学的观点阐述翻译过程中译者与原文作者之间的关系。

1. 文学作品的本质：双重对话的产物

在文学翻译过程中，译者从一种语言迁移到另一种语言中的主要是文学作品的意义，或者说文学作品的内容。除此之外，还有文学作品的风格、形式等特征。那么文学作品的意义究竟是什么？读者怎样才能尽可能完整地理解文本的意义？先看一看马丁·布伯是如何揭示艺术的本质的。布伯认为，艺术是对人存在本质的揭示，是"我—你"对话关系的产物：一方面，它是艺术家与自然对话的产物；另一方面，它又离不开读者对话的参与。正是通过这个双重对话过程，艺术得以揭示人存在的对话本质。而文学作品作为一种艺术形式，从本质上来说，也是"我—你"对话关系的产物：从创作的角度来看，文学作品是作者与世界对话的产物；从文学欣赏的角度来看，文学作品离不开读者对话的参与。因此，文学作品是双重对话过程的结果。[1]

2. 文学创作：作者与感性形象的对话

在马丁·布伯那里，艺术通过形象展现精神形式，但形象既不是对

---

[1] 布伯. 我与你 [M]. 陈维纲，译. 北京：生活·读书·新知三联书店，2002：28.

象本身的外观，又不属于艺术家的内心情感，而是艺术家与审美对象对话的产物。文学作品的创作也是一样。作者创作出来的文学作品既不是对外部世界的客观描述，又不纯粹是作者内心情感的体现，而是经过作者与创作对象进行充分对话的产物。精神形式渗透在关系世界的各个层次，当作者以对话的态度面向审美对象，精神形式就会凸显出来，作者就在形象的创造中与精神形式相遇。问题是，作者怎样才能以"我—你"的对话态度对待形象呢？布伯认为，艺术家先要做一个"旁观者"。这并不是要让艺术家对审美对象无动于衷，而是指作者在面对自己的创作对象时所必须采取的一种立场：此时，作者以"我—你"的态度转向自己的创作对象，作者日常对待事物时所惯有的实用和功利性目的被抛弃了，作者既意识到对象是与自我一样平等的存在，又意识到对象是与自我密切相关的存在。

3. 文学欣赏：读者与作品的对话

布伯认为，所有艺术都源于对话的本质。美妙的音乐需要听众的耳朵来倾听，但不是音乐家自己的耳朵；精致的雕塑需要观众的眼睛来欣赏，但不是雕塑家自己的眼睛。艺术品的存在即是向欣赏者发出召唤，文学作品这种语言艺术同样如此。文学作品只有在与欣赏者的不断对话中，才能获得新的生命。再好的文学作品缺少了读者的欣赏和鉴别，也只是被埋在土里的珍珠，永无见天之日。

文学作品向读者发出邀请，召唤读者参与到作品的存在中来，读者与作品之间是一个存在者与另一个存在者之间动态的相遇的过程。作品只有在读者的参与中才能实现自身的存在，同时读者在参与作品存在的过程中也实现了自身作为欣赏者的存在。只有两者之间不断进行对话，才能推动文学作品的流传和继承。

（二）译者与原文文本的对话

在翻译过程中，除了与原文作者的对话，译者还需要与原文文本进行对话。这种对话何以成为可能？一方面，文本不是一个结构封闭的客体，文本具有开放性结构，这种开放性结构呼唤着读者在阅读欣赏过程中的审美参与，这种参与就是一种对话。另一方面，文本的开放性结构并不意味着读者可以对原文进行任意的阐释。原文的开放性结构并非是无限的，这种开放性受到文本一定程度的制约。原文作为一种书写形式被固定下来以后，其意义相对稳定。虽然文本中有许多"空白"和"未定点"等待着读者的解读和参与，但文本的图式化结构仍然在一定程度上限制着读者的阅读，读者的阅读不能天马行空、漫无边际，而是应在原文图式化结构内的一种开放性解读。因此，译者在作为特殊读者与原文进行对话的过程中，应该把文本视为和自己平等对话的对象，而不是可以任由自己随意解读的客体。

（三）原文与译文的关系

传统翻译理论认为，译文应该是原文在译文语言里的翻版，译文应该完全摹写出原文的特点和风格。在经历了由作者中心到译者中心以及读者中心的转变，经受了解构主义、后殖民主义以及女性主义翻译观的冲击和洗礼之后，现代翻译理论认为，同一原文在同一目的语中可以有多个不同的译文版本共存。这就给译者带来了很大的难题。作为翻译活动最终结果的译文与原文之间到底应该是一种什么样的关系呢？在解决这个问题之前，有必要弄清从原文到译文的转换过程中究竟有哪些得与失。

原文与译文的关系历来是翻译研究的重要课题。事实上，原文与译文之间应当是以译者为中介的一场对话过程。

原文和译文之间不是竞赛关系，译文不一定必须超过原文，译文也不一定必须不如原文，原文和译文之间是一种平等共生的关系，是以译者为中介的一场对话过程。在阅读和解释原文的过程中，译者最接近源文化和目标文化的内核，译者最大限度地遵守文化再现和叙述的规则，译者最准确而负责任地阅读／书写／翻译作为客体的原文，译者最终把原文这一他者文化吸纳到译文的语言和文化中。通过译者的翻译，外来优秀文化被引进，自我文化和他者文化在对话中互相了解、互相沟通，本土文化被注入了新鲜血液和活力，又不断构建着目的语文化。因此，从某种意义上可以说，翻译在新的文化中打开了文本的崭新历史，从而使译文在新的语言文化语境中延续了原文的生命。

第三节　英美文学翻译中的全方位对话

对话双方之间存在着差异，差异就是两者之间存在的"之间"，"之间"的存在意味着双方有进行对话的必要，而对话就意味着双方通过沟通，共同协商，做出让步和妥协，最终达成共识。在这个过程中，双方要先彼此坦诚。翻译过程也是如此。文学翻译活动的各个参与者之间存在着"之间"领域，这意味着他们的不同需求需要通过对话得到解决，并最终在译文中通过妥协实现"相遇"——达成共识。要实现"相遇"，各个参与者之间需要进行多层次的、复杂的以及全方位的对话。在这个复杂的对话过程中，翻译活动的各个参与者之间只有彼此敞开，以"我—你"的态度面向其他参与者，抛弃工具性、功利性的目的，才能实现真正的对话。在这个复杂的对话过程中，译者是真正的中心，决定着对话是否全面、充分。前文中的各种对话关系能否真正得到实现，同样取决于译者。译者只有尽可能向其他参与者敞开，才能与其进行全面而充分的对话，并最终在译文中显示出其他参与者的存在及通过对话实现的"相遇"。在具体的翻译实践过程中，问题在于如何实现翻译活动各个参与者之间真正的对话，如果这个问题能够得到解决，从对话关系及对话哲学角度可以给翻译研究带来新的契机。

一、全面的对话

在翻译之初，译者需要与翻译活动发起者 / 赞助人对话，了解其需求。这种对话可以是面对面的，也可以通过电话或者电子邮件等其他方式进行。相对来说，这种对话是翻译主体之间对话中比较直接的一种。明确了翻译活动发起者 / 赞助人的要求之后，译者开始接触原文文本。译者所要做的是尽可能全面理解原文的意义。在此过程中，译者必须与原作者、原文、源语文学系统中的主流诗学及源语文化的意识形态等进行对话。译者带着自己的见解、历史性和阅读视野进入与原文的对话过程，走上通向原文和原作者的道路。此时，原作者和原文并不是静静地等待着译者到来，他们也在积极地向译者这个特殊读者靠拢。原文文本是艺术的表现形式之一，富有生命和灵气，读者唯有全心全意地向其倾诉，才有可能与文本建立亲密无间的关系。文学作品是一个富有活力的生命体，在与作品人物同喜同悲的生命交融中，她 / 他成为译者生命的一部分，译者在体验、感受他人生命的同时也领悟到了生命存在的另一种维度。译者（读者）与原作者和原文必须经过最初的"我—它"的工具性的认知，才有可能最终实现"我—你"的对话和交融。译者作为特殊读者，在接触需要翻译的文本之前，要对原作者的生平、文体风格有所了解；在接触文本后，要先对原文进行细致的分析，弄清楚原文的结构、语言特征及文本的内在外在意义，才能对其有感性认识。但是如果仅仅满足于这种冷漠的关系，译者对原作者和原文就不可能有真正的理解，将原文在译语文化中完整再现也将只是一个美好的幻想。译者、原作者和原文只有彼此都敞开，在通过相互靠近、相互了解、实现相遇的时刻，才能实现相互之间真正的理解和对话。在这个关系世界里，作为"我"的译者和作为"你"的原作者及原文自由相对，相互作用，作者的生平和其他特征以及文本的局部和细节不再是译者关注的重点，译者已经完全将作者及文本融会于心，审美对象和审美主体既为对象而存在，又自为存在，从而实现审美意义上的自由。此时，译者对作者和文本的实体性存在持一种冷漠态度。"我"无视"你"的存在，然而作为原作者和原文的"你"已经完全在"我"心中。译者有别于普通读者的地方在于，他在进入与原作者和原文的对话过程中时，带有更多的目的性和更多的责任。他必须对原文有超出普通读者的理解，才有可能将原文的精髓转化在译文中。由此，译者将原文和译文也带入对话过程中。有差异才有对话，原文和译文始终处于对话之中，所以才会需要不断地出现新的译本。在原文和译文的对话过程中，原文中不断出现新的差异因素，呼唤新一轮的对话、交流和沟通，这可以部分地解释同一文本不同时期需要重译和复译的原因。在译者创作译文的过程中，译者的自身文化修养、目的语文学文化系统中众多前文本与译文文本的互相印证、指涉等都会影响到译者的创作，并最终影响译文的效果。此外，译者还需要与目的语文化中的意识形态以及原文文学系统内的主流诗学进行对话，不断调整译文语言在目的语中的被接纳程度，以求最大限度地被译语环境和译文读者所接受。

因此，翻译活动发起者／赞助人、原文、原作者、源语语言文化体系以及译文、译文读者、目的语语言文化体系等都是译者在翻译过程中必须进行对话的对象。只有这些翻译参与者之间进行了全面的对话，优秀的译文才有可能产生。这样的译文既可以与源语系统中的原文遥相呼应，又可以在目的语文化系统中延续原文的生命。

二、直接的对话

如布伯所说，真正的对话是直接的，不需要中介，也没有任何障碍。在理想的情况下，译者与翻译活动参与者之间会形成真正的对话关系。布伯用了树的例子来解释。在面对一棵树时，"我"可以把它看作一幅图像，一束光波或以湛蓝色、银白色为背景的画面，"我"可以把它当成实例并划为某一属类，以研究其生命的构造；"我"可以漠视它的实体存在，把它当作万物对抗而趋于平衡的规律；"我"可以把它分解为纯粹的数量关系……在这种种关系中，树都是"我"的对象，"我"作为主体客观地把握其空间位置、时间限度、性质特点和形式结构，从而形成"我"对树的认识和把握，凡此种种，"我"与树之间都是一种"我—它"的关系。而在"我—你"关系中，"我"让发自本心的意志和情怀充溢全身，我凝神观照树，"我"与树之间进入了一种物我不分的境界，树成为一个生命体，与"我"进行无声的对话，此时就是审美主体与审美对象的"共在"，是审美活动中生命与生命的交融。"欲使人生汇融于此真性，决不能依靠我但又决不可脱离我。我实现我而接近你；在实现我的过程中我讲出了你。"①也就是说，译者与其他翻译活动参与者之间的真正对话有赖于译者"我"进入一种澄明之境。然而，这不是说审美活动不需要知识。布伯强调，"我"所观察到的树与运动、种类与实例、规律与数量都融会成不可分割的整体，树的形貌结构、物理运动、化学变化，它与水火土木的交流、与日月星辰的沟通都汇入这一整体中，这样才会实现"我"和树之间的神交与情感上的契合。

在解读原文的过程中，译者与原作者和原文之间经历了从"我—它"的工具性认知到"我—你"的真正的精神上的理解和契合。实现了译者与原文、原作者之间真正的对话和交流之后，译者的心中会洋溢着创作的激情，急切地需要将原文内容在目的语中再现。然而作为译者，他的翻译创作与原文作者的创作不同，原文作者可以随时调整或者改变创作思路，生产出与计划不同的文本，而译者的翻译创作，却必然受到原文的限制。与此同时，译者还要与目的语语言及文化系统、译文的接受环境以及译文读者的阅读期待进行直接的对话。译者与这些翻译活动参与者之间的关系同样需要经历从"我—它"的认知到"我—你"的理解。实现了这种全面而直接的对话之后，译者的翻译过程可以事半功倍。

① 布伯.我与你 [M].陈维纲，译.北京：生活·读书·新知三联书店，2002：9.

三、充分的对话

在翻译过程中，翻译活动参与者之间彼此互相敞开，没有保留。只有经过充分的对话之后，翻译各方之间才能实现真正的对话关系，才能真正理解彼此的需求。而经过这种充分的对话之后得出的译文才最能显示各个参与者的存在。忽略了与其中任何一方的对话，译文都会显得有失偏颇，失去应有的美感体验。在具体的翻译实践活动中，各参与者之间的真正的对话究竟如何才能得到实现？换句话说，译者如何才能与其他参与者实现充分的对话？

正如前边提到的，译者与翻译活动发起者／赞助人的对话相对比较直接，可以借助直接的对话实现两者之间的充分理解和沟通。如果译者与发起者／赞助人之间有较大分歧，译者完全可以选择放弃翻译活动。而译者与原作者之间的对话是译者借助原文这一中介实现的。译者试图揣摩原作者的创作意图，尽可能完整地理解原作者在原文中所要表达的意义和内容。在表达过程中，译者更需要与原作者进行对话。译者需要化身为原作者，站在原作者的角度，与自己对话，以达到进一步的理解和沟通。化身为原作者的译者要向自身发问：译者所翻译出来的是原作者希望在文章中表达的吗？译者有没有正确、全面地传达原作者试图在原文中表达的意思？在这样重复进行的对话中，译者尽可能完整而全面地将原作者在原文中所表达的内容在译文语言中再现。译者与原文的对话同样如此。译者与原文也可以进行直接的对话，虽然原文无法开口说话，但译者可以站在原文的立场上，不断地向自己发问，尽可能全面而充分地理解原文所要表达的内容。译者与译文读者之间也必须进行充分的对话，翻译过程中只有不断地进行对话，译者才有可能充分了解译文读者的需求，不断调整自己的翻译策略，以便得到最佳的译文。译者与其他翻译活动参与者之间都必须进行这样充分的对话，只有这样才能更好地理解各个参与者的需求，才能在译文中将各方的需求尽可能全面而完整地表现出来。

四、敞开的对话

敞开的对话是由对话的本质所决定的。只有当对话参与者之间存在差异时，对话才有进行的必要和可能。在差异的前提下，对话双方彼此敞开，实现理解和沟通，最大限度地向"相遇"的中点靠近，但是双方永远不可能合而为一。合而为一意味着两者的完全同一，差异的消失就意味着对话的终结。因此，对话始终是开放的，是永远不可能完成的。

在翻译活动中，翻译活动参与者必须彼此敞开，了解彼此的需求，这样最终的译文才有可能发出各个参与者的声音。另外，由于对话本身的特殊性，翻译活动中各个参与者之间的对话永远不可能结束。各个参与者只能无限地靠近，却永远不能合而为一，从而造就了翻译这门令人遗憾的艺术。虽然译者和原作者之间能够有全面而充分的对话，但并不意味着译者可以完全将原作者的创作意图以及原作者试图在原文中表达的内容完全在译文中复写出来。译者和译文读者之间进行的全面而充分的对话也并不意味着译者可以完全了解读者的阅读期待和欣赏水平，并创造出完全符合读者需求的译文。原文和译文之间也有全面而充分的对话，但对话的结果不可能使译者在译语环境中生产出和原文一模一样的文本来，这既是不可能实现的目标，又有悖对话的初衷。如果译文和原文在形式上完全等同，恐怕译文就成了谁也看不懂的天书。同理，译者与源语文学系统内的主流诗学、目的语文学系统内的主流诗学，以及与两种文化系统内的意识形态的对话都必须是敞开的。只有这样，文化之间的交流才有必要，差异的存在会鼓励文化之间进行更多的交流。

第三章　语言学理论维度下的英美文学翻译研究

西方翻译理论研究历来按两条路线进行：一是文艺翻译理论路线；二是语言学翻译理论路线。从历史的发展来看，翻译语言学派批判地继承了19世纪施莱尔马赫等人的语言学和翻译观。从发展趋势看，语言学翻译理论路线已占据现代翻译理论研究中的主导地位。本章对语言学理论维度下的英美文学翻译展开研究。

第一节　交际理论与英美文学翻译

一、交际理论概述

从交际学途径进行的翻译研究运用交际学和信息论，把翻译看作交流活动，看作两种语言之间传递信息和交流思想的一种方式，比较原文和译文在各自语言里的交际功能，认为信息倘若起不到交际作用，就毫无价值可言。交际学的翻译观着重研究动态使用中的语言，刻意分析文本内容、形式、接受者以及交际情景对翻译的影响。

美国翻译理论家尤金·奈达是交际翻译理论的代表。^①他的翻译理论可归纳为 6 个方面。

（1）理论原则。所有语言都具有同等表达能力，而翻译的首要任务就是使读者看译文就可一目了然。

（2）翻译的性质。按照奈达的定义，"所谓翻译，是指从语义到文体（风格）在译语中用最接近而又最自然的对等语再现原语的信息"。其中 3 点是关键：一是"顺乎自然"，译文不能有翻译腔；二是"最接近"，在"自然"的基础上选择意义与原文最接近的译文；三是"对等"，这是核心。所以，翻译必须达到 4 个标准：①达意；②传神；③措辞通顺自然；④读者反应相似。

（3）翻译的功能。从社会语言学和语言交际功能的观点出发，奈达认为翻译必须以读者为服务对象。

---

①NIDA E A. Toward a science of translating[M]. Leiden：EJ, Brill, 1964: 5.

（4）正确的翻译。翻译正确与否取决于译文读者能在什么程度上正确理解译文。

（5）语义分析。翻译的重要过程之一就是对原文进行语义分析。语义可分为3种：语法意义、所指意义、内涵意义。

（6）翻译的程序和方法。奈达认为，整个翻译程序分为4个步骤：分析、传译、重组（按译语规则重新组织译文）、检验。

彼得·纽马克（Peter Newmark）认为完全照搬奈达的"等效"理论（重内容而轻形式）并不可取。[①]他提出了交际翻译和语义翻译两种方法，前者致力于重新组织译文的语言结构，使译文语句明白流畅，符合译文规范，突出信息产生的效果；后者则强调译文要接近原文的形式。

二、文学翻译：跨文化的交际行为

最近二十多年来，翻译研究中出现了两个明显的趋势：一是翻译理论深深地打上了交际理论的烙印；二是从重视语言的转换转向更重视文化的转换。[②]这两种倾向相结合，就把翻译看作一种跨文化交际的行为。翻译已不仅仅被看作语言符号的转换，还是一种文化转换的模式。

翻译简单说来就是通过语种转换把一种语言所承载的信息转移到另一种语言当中。自古以来，翻译就在文化交流中起着举足轻重的桥梁作用。人类是社会性的动物，有交际的需要。同样，不同的人类文明之间也有沟通的需要，各文化之间的交流是人类文明发展和前进的动力。各种类型的翻译作品通过语言文字来展现不同民族和国家的文化，翻译也一直扮演着文化传播者和文化沟通载体的角色。正是因为有了翻译，各个国家和民族之间的文化交流才得以实现。翻译促进了各国、各民族自身文化的繁荣，更丰富了世界文明，促进了世界文明的发展。可以这样

①NEWMARK P. Approaches to translation[M]. Shanghai: Shanghai Foreign Language Education Press, 2001：29.

② 郭建中 . 文化与翻译 [M]. 北京：中国对外翻译出版公司，2000：135.

说，翻译是信息在文本之间的过渡，更是信息在文化之间的过渡，它的实质是一项以交流信息为目的的跨语言、跨文化的活动。

第二节　功能翻译理论与英美文学翻译

一、功能翻译理论概述

语言学派是将对源语的分析作为翻译研究的出发点，注重对语言形式的考察，采取的是共时性、规范性的微观研究。如果我们换一个角度，从译语出发，又是另外一种情况："翻译作为一种纯粹的目的性活动，在很大程度上是受它所要达到的目标影响的，而这些目标又设定在接收系统中，并由接收系统所决定。"[①]也就是说翻译的目的有时候会与源语作者的意图相左，那么这时如果仍然追求文本"对等"，便达不到翻译的目的。

随着对翻译研究的不断深化和完善，人们发现传统的语言学翻译理论暴露出的缺陷越来越多。在这种情况下，作为一个重大突破和补充，由德国学者提出的功能翻译论为翻译研究开辟了一个新视角，功能主义在当代翻译研究领域中的影响日益加强。根据功能主义的翻译观，翻译被看作一种目的性行为，这重在强调翻译所要达到的功能。功能翻译论的中心是由汉斯·弗米尔所提出的"目的论"：一种把目的观念运用于翻译的理论。[②]

1978年，在行为理论的基础上，弗米尔在《普通翻译理论框架》一

①TOURY G. In search of a theory of translation[M]. Tel Aviv：Porter Institute for Poetics and Semiotics, Tel Aviv University，1980: 15.

②VERMEER H J. Skopos and commission in translational action[M]//VENUTI L. The translation studies reader. London and New York：Routledge，2000: 222.

书中首次提出了功能派的奠基理论——翻译目的论。①他认为，翻译研究不能单单依靠语言学，原因有二："第一，翻译并不纯粹是，也并非主要是语言的过程；第二，语言学还没有提出真正针对翻译困难的问题。"在弗米尔看来，翻译是在"目的语情景中为某种目的及目的受众而产生的语篇"。翻译时，译者根据客户或委托人的要求，结合翻译的目的和译文读者的特殊情况，从原作所提供的多源信息中进行选择性的翻译。

目的论后期继承者克里斯蒂安·诺德（Christiane Nord）认为，目标文本的目的是决定翻译的关键因素，目的由译者的服务对象——翻译发起人决定的，是翻译发起人旨意的语用内容。目的只能由翻译发起人决定，译者无权裁决和改变。②只要目的相符，译者就可以随意对目标文本中的某些方面加以特别关注，对其他方面则予以忽略。这样一种将原文地位削弱、视原作者不存在的随意性无疑会遭到译界的批评。为了解决这一问题，诺德将"忠诚"原则引入功能主义模式，用于界定翻译互动中译者对其他参与伙伴的责任，它要求译者在必要的时候向原文本发出者解释对原文本做了何种改变。

目的论认为，翻译遵循的首要法则是目的准则：翻译行为所要达到的目的决定整个翻译行为的过程。我们知道，进行翻译之前先有一个"为谁翻译"的问题。翻译目的就来自翻译活动的发起者或者委托人所规定的翻译要求，所有这些要求都可以用目的论的专用术语"翻译纲要"来概括。此术语用于界定翻译行为所服务的交际目的。在理想情况下，"翻译纲要"需涵盖译文的预期功能、目标读者、传播媒介、出版时间和地点，甚至是翻译或出版的动机等信息。在这里，我们可以看到目的论不仅关注源语文本，还把目光转向了译语文本，注重译本的功能接受和影响，可以说是一种研究范式的转变。

①VERMEER H J. Skopos and commission in translational action[M]//VENUTI L. The translation studies reader. London and New York：Routledge，2000: 222.
②NORD C. Translating as a purposeful activity: Functionalist approaches explained[M]. Shanghai: Shanghai Foreign Language Education Press, 2001: 27.

既然是把译本作为焦点，原文本的信息就并非一定要全面复制，应该根据"翻译纲要"的要求进行取舍。诺德强调："有多少个接受者，就有多少个译本。"也就是说，对不同的接受者（甚至不同时期的同一接受者），同一文本的语言材料有着不同的意义。弗米尔也曾总结说"任何文本无非是'提供信息'"①，每个接受者都是在选择他们认为有趣的、有用的或者是能有效传达目的和意图的信息，"翻译是在目标语文化中重现源语语言文化信息所提供的某些信息"②。所以，目的论认为，不能在翻译中一味地追求对等，不能说翻译就是把源语文本的意思移植给目标语接受者。译者是按照"翻译纲要"对源语信息进行选择，并加工成目标语信息呈现给目标语读者，读者又从中选择对自己有意义的部分。译者选取原文信息进行加工，呈现给目标读者的译文应该是对目标语读者有意义的文本。这里的"有意义"用弗米尔的话说就是"译文要符合'篇内一致'的标准"。也就是说，译文所呈现的信息应该符合接受者的环境，这样才能被接受者理解和接纳，具有可读性和可接受性。而译文的意义又与原文紧密相关，翻译毕竟还是原文信息的再现，虽然这种再现有时是局部的。目的论者把译文对原文信息的再现称为"篇际一致"或"忠信"。然而目的论中的"忠信"并非是对原作的忠实模仿，而是受到目的准则的制约，是有选择地再现原文本的信息。当然，目的论者并不反对直译，并指出忠实的模仿在文学翻译中可能是人们所期待的形式。篇际一致从属于篇内一致，这两者又都从属于目的准则，目的决定了一切。如果翻译的目的要求改变文本的功能，那么此时翻译的标准就不再是与源语文本保持篇际一致（忠于原文形式），而是对目的而言的适当性和或合宜性。如果目的要求篇内不一致（如荒谬剧），篇内一致的标准就不再起作用。

　　目的论对翻译目的的凸显必然导致原文地位的削弱，原文不是神圣

---

①VERMEER H J. Skopos and commission in translational action[M]//VENUTI L. The translation studies reader. London and New York：Routledge, 2000: 225.
②同上。

不容侵犯的，可对原文的信息依照翻译目的进行取舍。弗米尔采用了一个术语，即"废黜"（dethrone）原文，将原文赶下王位。然而，这并不是说可以"谋杀"原文、任意处理原文。弗米尔是这样解释的："废黜并非意味着扼杀或者倾覆"①，而是指原文的语言和文体特点已不再被视为翻译的唯一标准。是否忠实于原文"取决于译者对原文的理解和翻译目的"②。也就是说，译者可以忠实，也可以不忠实于原文的形式，最终的决策受制于译者的主观理解，并体现翻译委托人的意图。

在目的论的框架内，翻译目的决定翻译步骤。然而，翻译涉及 4 种角色，即原文作者、翻译发起人、译者及译文预设读者。如果这 4 种角色的意图目的不一致或者完全相反，译者应该怎么办？如果仅仅是体现翻译发起人的意图，目的论很容易被解释为"目的决定手段"，译者沦为为达到目的而不择手段的工具，况且目的的范围不受限制，目的论无法分辨好的和坏的目的。针对目的论的这一理论缺陷，诺德提出将"忠诚"原则引入功能理论，并不断修改完善。"忠诚"意为要考虑（需要某种类型的翻译的）发起人、（期望译文与原文有某种关系的）接受者和（有权要求尊重其意图并且期望译文与其作品有某种关系的）原作者三方面的合法利益。③最新的说法是，所谓"忠诚"，是说要考虑翻译这种交际活动的所有参与者（原文作者、翻译的客户或委托人、译文的接受者）的意图和期望，但这并不是说要按照别人的期望行事，而是说当译者的翻译目的或者策略可能违背其他参与者的期望（或者关于翻译的主观理论）时，就必须向他们解释。④

---

①NORD C. Translating as a purposeful activity: Functionalist approaches explained[M]. Shanghai: Shanghai Foreign Language Education Press, 2001: 119.

②NORD C. Translating as a purposeful activity: Functionalist approaches explained[M]. Shanghai: Shanghai Foreign Language Education Press, 2001: 32.

③NORD C. Translating as a purposeful activity: Functionalist approaches explained[M]. Shanghai: Shanghai Foreign Language Education Press, 2001: 124-125.

④NORD C. Translating as a purposeful activity: Functionalist approaches explained[M]. Shanghai: Shanghai Foreign Language Education Press, 2001: 195-196.

在诺德看来，"忠诚"是指译者、原文作者、译文接受者及翻译发起者之间的人际关系，要求译者双向地忠于源语与目标语两方面。"忠诚"原则限制了原文的译文功能范围，增加了译者与翻译发起者之间对翻译任务的协商，减弱了"激进"功能主义的规定性。一方面它赋予译者根据翻译目的对包括权威文本在内的原文进行改动的权利，显示出开放宽容、动态的翻译观；另一方面，它要求译者对翻译行为参与各方负起应有的责任，对自己的翻译策略进行说明或解释，以达成翻译各方的理解和共识。

二、功能翻译理论视角下的文学翻译

弗米尔认为目的论是概括性的翻译理论，因此适用于文学翻译。文学创作可能源于各种各样的意图，概括地说，文学文本作者的意图是通过描写一个虚构的世界来激发人们对现实世界的领悟。文学作品对读者而言可以产生特有的艺术美感或诗意效果。

20世纪70年代，不少学者主张从文化交际的角度去研究翻译，认为译作要与原作实现功能对等。在翻译研究的各种流派中，德国功能派提出了功能翻译理论。他们将翻译视为一项需考虑读者和客户要求的全新的目的性交际活动，认为翻译是一种目的性行为。功能派试图把翻译从以原语还是以译语为中心的奴役中解放出来，认为只要实现了功能对等、满足了读者或客户的要求就是成功的翻译。功能翻译理论打破了翻译界以"等值论"为基础的传统的语言学式的研究模式，把翻译视为有目的的跨文化交际活动，翻译目的决定翻译策略。这为文学翻译提供了多角度的动态标准。功能翻译理论是描述性的，这和文学文本的开放性特征相符，它具有指导文学翻译和评价的理论优势。从功能主义角度研究文学翻译是富有启迪意义的。多元的动态标准在宏观层面上为译者指明了方向，也在微观层面上为译者采用具体的翻译策略提供了可行性途径。功能派翻译理论把文本分成3类：信息类（Informative）、表达类（Expressive）和操作类（Operative），并针对每一类文本的特点提出相应的翻译策略。诺德在她的著作里也谈到了文学翻译及功能理论在文学翻译中的应用。一个翻译作品就它本身来说并没有好与坏、对与不对之分，但如果从它要传递的功能来考虑，鉴赏者就可以对它进行评价，分出优劣。下面通过比较《简·爱》的一个译例来加以说明。

"Wicked and cruel boy!" I said, "You are like a murderer—you are like a slave-driver—you are like the Roman emperors!"

译文 1：

"你这男孩真是又恶毒又残酷！"我说，"你像个杀人犯——你像个虐待奴隶的人——你像罗马的皇帝！"

译文 2：

"残酷的坏孩子！"我说，"你像一个杀人的凶手——你像一个监管奴隶的人——你像罗马的皇帝！"

（李霁野 译）

这两种译文最大的区别在于对第一句引言的翻译。文中的"我"是童年时代的简·爱，当时只有 10 岁大，说这句话的语境是被表兄欺负，跌倒在地。在当时极其愤怒的情况下，一个孩子能否说出译文 1 中的"你这个男孩真是又恶毒又残酷"这么完整的句子呢？原文中的 wicked and cruel boy 直译过来应该是"恶毒残酷的孩子"。这完全可以反映当时简的愤怒了。译文 2 省去了"恶毒"这个意思，没有充分传达原文的意思。可能译者是把 wicked 译到后面"坏孩子"里去了。但"恶毒"和"坏"这两个形容词在感情色彩上有很大的差距，在功能上不能完全对等。此处认为，这句话还是译为"恶毒、残酷的坏孩子"比较恰当。

第三节　描写翻译理论与英美文学翻译

所谓描写翻译理论，就是描写性翻译研究在研究翻译的过程、产物、以及功能的时候，把翻译放在时代之中去研究。广而言之，是把翻译放到政治、经济、文化之中去研究。相对于规范性的翻译理论，描写性翻译理论的最大的一个重点是宽容。正如描写学派代表人物图里（Gideon Toury）指出的："翻译就是在目的系统当中，表现为翻译或者被认为是翻译的任何一段目的语文本，不管所根据的理由是什么。"①

描写翻译学派的思想发端于 20 世纪 50 年代。1953 年约翰·麦克法兰（John MacFarlane）在杜伦大学学报上发表有关翻译的模式的论文。麦克法兰在论文中指出，否认翻译的作用，剥夺某些译法把自己叫作翻译的权利，仅仅是因为译文没有做到在所有方面同时实现对等，这是一种胡批滥评，简单易行，然而又是随处可见。麦克法兰引用理查兹在英美新批评重要著作《文学批评原理》中的观点，指出对于同一部作品常常同时有不同的译法。由此可以推断，我们决不可以认为有唯一的翻译，由于（原文）有不同的意义，不可避免地会产生不同的翻译，这些翻译也许都是翻译，但没有一个翻译是"理想的"或"真实的"翻译。麦克法兰进一步指出，意义既然如此复杂、如此不可捉摸，我们便不可能从中得出准确翻译的绝对标准。他争辩道："我们倒是需要一种与此不同的研究翻译的方法。这种方法接受现有的翻译，而不去理会我们理想中的那种翻译，这种方法从研究翻译的性质中获得灵感，而不是让翻译从事它办不到的事情。"

图里认为，翻译更主要的是一种受历史制约的、面向译入语的活动，而不是纯粹的语言转换。因此，他对仅仅依据原文而完全不考虑译入语因素（与原语民族或国家完全不同的诗学理论、语言习惯等）的传统翻译方法提出了批评。他认为，研究者进行翻译分析时应该注意译入语一方的"参数"，如语言、文化、时期，这样才能搞清楚究竟是哪些因素，并在多大程度上影响了翻译的结果。

---

①TOURY G. In search of a theory of translation[M]. Tel Aviv: Porter Institute for Poetics and Semiotics, Tel Aviv University, 1980: 23.

图里进一步提出，研究者不必为翻译在"（以原语为依据的）等值"和"（以目的语为依据的）接受"这两极之间何去何从而徒费心思，在他看来，翻译的质量与特定文本的不同特点的翻译标准有关。他把翻译标准分为3种：前期标准、始创标准、操作标准。

（1）前期标准（preliminary norm）：对原文版本、译文文体、风格等的选择。

（2）始创标准（initial norm）：译者对"等值""读者的可接受性"以及"两者的折中"的选择。

（3）操作标准（operational norm）：反映在翻译文体中的实际选择。

图里认为，译者的责任就是善于发现适宜的翻译标准。描写学派的功劳在于给予各种各样的翻译以正确的定位，避免了规范性的翻译标准造成的概念上的困惑以及无谓而又无止无休的争论。描写翻译学派对翻译有两个基本的认识。一个是翻译的"不完整性"，就是说不可能把原文百分之百翻到译文中去。在这个基础上导出另一个认识，即任何翻译都经过了译者不同程度的"摆布"，因此同一个原文会在不同的译者手里、在不同的时代出现不同的译文。这里要特别强调的是，描写翻译学派并不想完全推翻传统的规范性的翻译标准。他们是想解构传统的翻译理论，也就是对传统的翻译理论中的一些不尽完善的地方提出批评，而不是想摧毁传统的翻译理论。

第四节 解构主义理论与英美文学翻译

解构主义是法国哲学家德里达在 20 世纪 60 年代倡导的一种反传统思潮。[①] 他在 1967 年出版的《论文字学》《声音与现象》《书写与差异》3 部著作标志着解构主义的确立。这一时期，法国的一些文论家、作家、哲学家组成了太凯尔团体，打出了新的旗号，对法国乃至世界学术界产生了巨大影响，德里达为主要成员。德里达吸取了尼采的"文字超越一切观念形态"的思想和海德格尔对西方形而上学哲学传统的解构思想，认为应该颠覆以西方理性主义为传统的解读方式，代之以转喻式思维。他认为，传统的形而上学的哲学以二元对立思维为基础，文学创作理论的研究也受到这种思维方式的影响，其表现为对等—不对等、深层结构—表层结构、典范文学—非典范文学等分析模式。从此，解构主义显示出巨大的声势，并形成了以法国的德里达、福柯（Foucault）和罗兰·巴尔特以及比利时的保罗·德曼（Paul de Man）、美国的劳伦斯·韦努蒂（Lawrence Venuti）等著名翻译理论家为重要代表的解构主义思潮。他们既批判传统的结构主义，又批判接受理论的不彻底性，从而瓦解了西方传统的形而上学的观点。

德里达把西方哲学称为"在场的形而上学"，而他的解构理论就是要颠覆这种只有一个本原、一个中心、一种绝对真理的"在场的形而上学"。他认为，语言是传统哲学的"同谋和帮凶"，但他的颠覆又非借助语言不可，因此他创造了许多新词，或旧词新用来摆脱这个困扰，其中最著名的如"异延"（différance），对本体论的"存在"这个概念提出质疑。例如，"在场（presence）就是存在吗？""异延"的在场就是缺场，

[①]DERRIDA J. From différance[M]//A Derrida reader: between the blinds. New York: Columbia University Press，1991: 59.

原因是它根本就不存在。将这一概念用于阅读文学，则意义总是处在空间的"异"和时间上的"延"之中，没有确定的可能。这样作品文本就不再是一个"在场"所给定的结构，而是通向更加曲折幽深的解构世界。读者每次阅读作品都会既有似曾相识的感觉，又有新的体验，然而永远也不可能达到本真世界，只能感知到作为"异延"的必然结果——"踪迹"，这意味着意义永远没有被确定的可能，读者见到的只能是似是而非和似非而是的"踪迹"。福柯则对"原作"这个概念进行了解构，认为任何对原文的翻译都是一种侵犯，"对等"根本就无从说起。

　　解构主义学者将解构主义引入翻译理论，给翻译研究注入了新的活力，解构主义的翻译流派逐渐形成，又称翻译创新派。这一流派跟以往的翻译流派的不同之处主要表现在抨击逻各斯中心主义，主张用辩证的、动态的和发展的哲学观来看待翻译。解构主义者不像结构主义者那样机械地把原文看成一个稳定而封闭的系统，而是认为由于能指和所指之间存在着差异，原文意义不可能固定不变，而只是在上下文中暂时被确定下来。由于原文意义不可能确定，译者应充分发挥主观能动性来寻找原文意义，发掘出使原文存活的因素。由于文本的结构和意义既不确定，又难把握，所以解构主义流派否定原文—译文，以及由此派生出来的种种二元对立关系，主张原文与译文、作者与译者之间应该是一种相互依存的共生关系，而不是传统理论中的模仿与被模仿的关系。解构主义学者认为，原文取决于译文，没有译文，原文就无法生存，原文的生命不是取决于原文本身的特性，而是取决于译文的特性。文本本身的意义是由译文而不是由原文决定的。他们还认为翻译文本书写我们，而不是我们书写翻译文本。解构主义的翻译思想还体现在"存异"而非"求同"，并且解构主义流派超越了微观的翻译技巧的讨论，从形而上的角度审视了翻译的性质与作用，从根本上改变了人们的翻译观念。

第四章　文化学维度下的英美文学翻译研究

　　文学是文字的艺术，是文化的一个组成部分，而文字中又有文化的沉淀。文学翻译既是不同语言的转换活动，又是一种艺术再创造活动，同时也是一项跨文化的交际活动。中国学者王佐良对文学翻译工作的评价更高，誉之为"英雄的事业"，使文学翻译工作者深感鼓舞和自豪。很多人认为，翻译一般来说虽然不能够创造伟大的作品，但能够帮助我们认识伟大的作品并创造更伟大的作品。世界文化能有今天的成就，翻译起到了巨大的作用，翻译事业不愧为英雄的事业。本章就从文化学维度来研究英美文学翻译。

第一节 翻译的文化功能

一、文化

文化就是化育人类的一杯泥土，它赐给人类第二生命。没有人能用不受文化影响的眼睛来看待这个世界。正如美国人类学家霍尔（Hall）所言，生活中的一切都受到文化的影响，文化是文明拱门的中心，所有生活的事件必须经过这一渠道。①我们已经知道，文化与传播就像一个人与他的影子一样相互依赖、相互作用以至难舍难分。研究跨文化传播不研究文化，犹如研究物理学而不讨论物质。

在英语中，文化一词 culture 源于拉丁文 cultura，本意为耕种和培育作物。后来欧洲哲学家和思想家将其词义引申到精神领域，用以指人类心灵、智慧、情操、风尚和化育。②

萨默瓦（Samovar）与波特（Porter）指出：文化是知识、经验、信念、价值观态度、意义、社会等级结构、时间与空间的概念、角色、宇宙观、物品和财产的总汇。文化由其所属群体成员在生存和生活过程中创造、继承和发展。③

由此可见，文化是精神、物质及生活方式的总汇，是一个群体成员

---

①HALL E T. The hidden dimension[M]. New York：Doubleday，1966：5.

② 汪澍白 . 20 世纪中国文化史论 [M]. 北京：中国青年出版社，1999：4.

③SAMOVAR L A, PORTER R E. Communication between cultures （2nd ed.）[M].
Belmont，CA：Wadsworth Publishing Company, 1995：280.

的所感、所思、所言、所行和所有。人们的道德观念、衣着习惯、礼节风俗、健康意识、时间观念、法律等均是文化的反映。依据这一概念，文化可分为三大层面①，如图4-1所示。

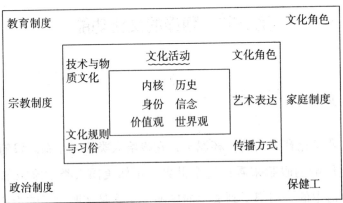

图4-1　多德的文化结构图

二、翻译的文化功能解析

（一）翻译促进文化交流

从跨文化的角度看，翻译研究还有许多事情可做。跨文化交流为翻译工作者提供了一个全新的视角，能够使他们站在一个新的高度从而把翻译研究向前推进。翻译使东西方文化交流成为可能。不幸的是，翻译界在对中国文化的翻译方面极不平衡，对西方文化的翻译数量远大于对中国文化的翻译数量，以致于中国人了解西方远多于西方人了解中国，所以译者有责任振奋精神把更多的中国文化介绍到国外，以便让更多的外国人了解中国和中国文化。从这个意义讲，把中国文化介绍到西方世

---

①DOOD C H. Dynamics of intercultural communication （5th ed.）[M]. Boston: McGraw-Hill Humanities/Social Sciences/Language，1997: 106.

界并不意味着要消除外国文化，而是和外国文化在同一层面上共存。只有这样，翻译工作才能促进东西方文化之间的相互交流。

（二）翻译促进文学创新

正是由于各种文体的相互渗透和影响，一个地区或一个国家的文学创作才得以丰富和发展并获得新的形式。一个民族要发展，离不开文化的发展，而文化的发展既要依靠自身的力量，又必须吸纳外来文化，纯粹自给自足的文化是没有生命力的。中外文化发展史表明，翻译是吸收异质文化的重要途径。翻译应该保留原文的异国情调，并帮助本民族文化在与异域文化的接触中得到丰富和发展。之前我国许多翻译家认为翻译时带有鲜明外国文化色彩的词句不能直译，例如，meet one's Waterloo 不能翻译成"遇到滑铁卢"，而要翻译成"遭到惨败"；born with a silver spoon in one's mouth 不能翻译成"含着银汤匙出生"，而要翻译成"生于富贵人家"；brain storm 不能被翻译成"头脑风暴"，而要翻译成"集思广益"；等等。这种论断早已被如今的翻译家所颠覆。其实从阅读心理学的相关研究中可以看出，很多读者阅读外国文学是出于一种好奇心和冒险心理。人们不满意千篇一律的东西，总是喜欢看到一些反传统的背离，这在语言上尤其突出，有时带有外国文化痕迹的直译更得人心。打开当下各类新兴媒体和社交平台，我们可以很容易找到这些来自对外国文学的直译的表达方式，其已经被中国原创作品广泛应用，甚至成为时尚。这类表达能够帮助我们很好地了解外国文化。

第二节　英美文学翻译中的语言文化现象

一、英美人名文化

（一）英美国家姓名的特点

人名是一种符号，能够将人群中的甲某、乙某、丙某等人区别开来。当然，人名也是文化，是历史，是故事。人名能反映当时当地的经济发展状况、思想文化传统及人们的风尚习俗，其内涵丰富，引人入胜。通过英美人名，我们可以深入了解英美国家的文化风貌。

英美人名由多个部分组成。

第一部分：教名（the Christian name；the first name；the given name）。按照英美国家的宗教习惯，孩子出生后不久就要抱到教堂去举行洗礼仪式，并由牧师或父母亲朋起一个名字，这就是教名。为婴儿命名是父母对子女、对家庭的未来表达祝愿、寄托希望的一种方式和机会。

第二部分：中间名（the middle name；the second given name）。排在教名之后，多表纪念意义，如使用先人的名字作为中间名表示尊崇，使用宗教圣人的名字作为中间名以求保佑，等等。中间名也可由本人长大后自己取。

第三部分：姓（the family name；the last name；the surname）。一般随父姓。

例如：

Vera Wallace Nicholas　维拉（教名）＋华莱士（中间名）＋尼古拉斯（姓）

Martin Paul Helen　　　马丁（教名）＋保罗（中间名）＋海伦（姓）

在办理公务或签署文件等很正式的场合，就要使用全名（教名＋中间名＋姓），而在多数场合下，可以不用中间名，或只用中间名的缩略形式，或用教名和中间名的缩略形式加姓，或只用教名的缩略形式加姓。例如，Martin Helen，Martin P. Helen，M. P. Helen，M. Helen。

在英美国家，仅用姓来称呼成年男子的叫法在逐渐消失。但在此人不在场时只用姓就比较简洁。而用姓称呼女子则要在姓前加 Mrs.（已婚者）、Miss（未婚者）或 Ms（婚姻状况不明者）。

英美国家先名后姓的人名结构反映了其民族强调个性、提倡个人奋斗、尊重个人独立人格与自我价值体现的个人主义精神。这些民众不仅在英国和美国，还在澳大利亚、新西兰、加拿大、南非、爱尔兰等地。

（二）英美名字的文化渊源

1. 源于希腊神话和罗马神话的人名

希腊神话和罗马神话绝不是老掉牙的故事，它们是西方思想文化的精髓，随着西方文化的普及，当今世界文化和生活的方方面面都受到了深刻影响，如科学家为其新发现赋予神话人物的名称，很多俚语都源于神话故事。甚至我们所熟知的化妆品、服饰、汽车、运动用品的品牌，喜欢的乐队、歌曲、歌手的名字，以及网络游戏中英雄、怪物的名字都与希腊神话和罗马神话密切相关。当然，更多的是西方人的常用名字。例如：

Amor　　　阿莫尔

Atlas　　　阿特拉斯

Castor　　　卡斯托耳

Dione　　　狄俄涅

Metis　　　墨提斯

Phaethon　　法厄同

2. 源于历史名人的人名

不少人将明星的姓作为自己的名字。例如，Jackson（杰克逊）可能来自美国流行音乐巨星 Michael Jackson（迈克尔·杰克逊）；Monroe（梦露）可能来自美国女演员 Marilyn Monroe（玛丽莲·梦露）；Owens（欧文斯）可能来自美国田径运动员 Jesse Owens（杰西·欧文斯）。

有人崇拜诗人，例如，Byron 可能源于英国浪漫主义诗人 George Gordon Byron（乔治·戈登·拜伦）；Milton 可能源于英国诗人、政论家、长诗《失乐园》的作者 John Milton（约翰·弥尔顿）；古希腊吟游盲诗人荷马（Homer）的名字也是许多人喜欢用的名字。

政治家的姓也是热门名字，古希腊马其顿国王 Alexander（亚历山大）、美国第 1 任总统 George Washington（乔治·华盛顿）、美国第 3 任总统 Thomas Jefferson（托马斯·杰斐逊），美国的第 16 任总统 Abraham Lincon（亚布拉罕·林肯）的姓都经常被人们作为名字。

3. 源于自然万物

例如：

Peter	彼得，意为"岩石"
Randolph	伦道夫，意为"处于防御状态的狼"
Linda	琳达，在日耳曼语中的意思是"蛇"
Roosevelt	罗斯福，在荷兰文中意思是"长满玫瑰的原野"
Oliver	奥利弗，意为"橄榄树"
Pine	派因，意为"松树"
Bean	比恩，意为"豆类"
Silvia	希尔维亚，意为"森林；树木"

英美民族常用动物（通常是弱小的动物）和植物（通常是花卉）的名称给女孩取名，以突出女孩性情温顺、容貌秀丽的美好品质。

| Calf | 卡芙，意为"小牛" |

Dahlia	戴莉娅，意为"大丽花"
Lily	莉莉，意为"百合"
Rose	罗斯，意为"玫瑰"
Susan	苏珊，意为"百合"
Violet	维奥莉特，意为"紫罗兰"

4.源于珠宝玉器

例如：

Amber	（安伯）琥珀
Emerald	（埃默洛尔德）祖母绿
Margaret	（玛格丽特）珍珠
Ruby	（鲁比）红宝石

5.源于盎格鲁－撒克逊人的名字

例如：

Baldwin	鲍德温
Harald	哈拉尔德
Brand	布兰德

（三）英美姓氏的文化渊源

英国以前是个人烟稀少、荒凉冷落的地方。大城市出现之前只有村子，而同村的人都互相认识并极少与外界往来，所以无需用姓，只用一个名字相互称呼就行。随着社会的发展，村子变成城镇，同名的人多了，就需要有区别，英国人的姓就产生了。英文中的姓有一个发展过程，由开始的不普遍使用、拼法不固定到逐步规范，经历了很长时间。英文的姓有多少，名有多少，似乎没有一个准确答案，况且英文姓名每天都在增加。据相关学者统计，整个英语民族的姓名达150万个，比我国最大的姓氏词典《中国姓氏大辞典》收录的 23 813 个汉语姓还要多，但英文中常用的姓仅 3 000 个左右。

据统计，常用英文姓有 Smith（史密斯）、Jones（琼斯）、Williams（威廉姆斯）、Brown（布朗）、Taylor（泰勒）、Johnson（约翰逊）、Davis（戴维斯）、Miller（米勒）、Evans（埃文斯）、Thomas（托马斯）、Wilson（威尔逊）、Roberts（罗伯茨）、Anderson（安德森）等。英文的姓主要有以下来源：

1. 直接借用教名

姓氏与教名通用的情况实际很多。例如：

Adam	亚当
Clinton	克林顿
Dennis	丹尼斯
George	乔治
Hamlet	哈姆雷特

2. 姓氏上附加表示血统承袭关系的词缀

苏格兰人和爱尔兰人在父名前加 Mac 或 Mc，意思是某人的儿子、后代，这里的 M 不能小写。例如：

MacArthur	麦克阿瑟
MacBride	麦克布赖德
MacDiarmid	麦克德尔米德
MacDonald	麦克唐纳
McLean	麦克莱恩

18 世纪，苏格兰的雅各宾派被镇压，以带 Mac、Mc 前缀的姓氏为姓很危险，不少人便以 Black、Brown、Green、Grey、White 等为姓。

爱尔兰人还有在父名前加 O' 的。例如：

O'Connell	奥康奈尔
O'Neil	奥尼尔
O'Brian	奥布赖恩
O'Casey	奥凯西

爱尔兰人也有在父名前加 Fitz（源于法语 fils，表示 son 之意）的，如 Fitz Gerald（菲茨杰拉尔德）、Fitz Patrick（菲茨帕特里克）。

当然，最直接的是在父名后加 son。例如：

Adamson	亚当森
Anderson	安德森
Henderson	亨德森
Richardson	理查森
Williamson	威廉森
Woodson	伍德森

但有时在加 son 之前，父名部分略有变化。例如：

Addison	Adam 之子：艾迪生
Jameson	James 之子：詹姆森
Thomson	Tom 之子：汤姆森
Wilson	Will 之子：威尔逊

教名的昵称之后也可加 son。例如：

| Dickson | 迪克森 |
| Jackson | 杰克森 |

有时 son 简化成了 "s"。例如：

Jones	琼斯（John 的儿子）
Philips	菲利普斯（Philips 的儿子）
Williams	威廉斯（Williams 的儿子）

威尔士人常用前缀 Ap，由此构成的姓氏有 Apthorp（阿普索普）；有时省去 A，只留 P，如 Price（普赖斯）；有时用 B 代替 P，如 Bowen（鲍恩）意为 Owen（欧文）之子，Bevan（贝文）意为 Evan（埃文）之子。

也有加词尾 ing 表示"儿子"的。例如，Willing（威林）是 Will（威尔）的儿子；Wilding（怀尔丁）是 Wild（怀尔德）的儿子。

还有一种附加，在教名前附加表示身份的前缀之后，这种前缀和教名一起形成了固定的姓氏，如将表示身份的 St（源于 Saint）用于宗教圣徒的头衔中，如 St. John（圣约翰）成了固定的姓氏。

3.源于地名、地貌或环境特征

英国人的姓很多都与地名有关，几乎每一个英格兰的村庄、城镇的名字都成了姓氏。以 Ba 开头的就有很多：Bainbridge（班布里奇）、Bakewell（贝克威尔）、Balfour（巴尔弗）、Ball（鲍尔）、Ballard（巴拉德）。更不用说大的地名，如 London（伦敦）、Birmingham（伯明翰）、Liverpool（利物浦）、Carlisle（卡莱尔）、Derby（德比）、Bath（巴斯）。下面还有一些例子：

Appleton	阿普尔顿，意为"苹果镇"
Bailey	贝利，意为"中世纪城堡外墙"
Barton	巴顿，意为"农场"
Beaverbrook	比弗布鲁克，意为"小溪"
Beecham	比彻姆，意为"美丽的原野"
Blackwood	布莱克伍德，意为"黑森林"
Boroughbridge	巴勒布里奇，意为"英国城市"
Brook	布鲁克，意为"小河、溪流"
Burnside	伯恩赛德，意为"河边"
Bywater	拜沃特，意为"水边
Cape	凯普，意为"海角"

Chambers	钱伯斯，意为"套房"
Chatterton	查特顿，意为"充满鸟语的城镇"
Church	丘奇，意为"教堂"
Cliff	克利夫，意为"悬崖"
Coverdale	科弗代尔，意为"绿色葱茏的山谷"
Croft	克罗夫特，意为"宅旁园地"
Derby	德比，意为"英国城市"
East	伊斯特，意为"东方"

4. 源于职业和身份

例如：

Abbey	阿比，意为"全院修道士"
Archer	阿彻，意为"射手"
Bach	贝奇，意为"单身汉"
Bairnsfather	班斯法瑟，意为"孩子父亲"
Barber	巴伯，意为"理发师"
Beadle	比德尔，意为"差役"
Blacksmith	布莱克史密斯，意为"铁匠"
Boniface	博尼费斯，意为"旅馆老板"
Bowman	鲍曼，意为"弓箭手"
Bundy	邦迪，意为"农奴"
Butcher	巴奇，意为"屠户"
Carpenter	卡彭特，意为"木匠"
Cartwright	卡特赖特，意为"车匠"
Chamberlai	张伯伦，意为"贵族管家"
Chevalier	谢瓦利埃，意为"爵士"

Childe	蔡尔德，意为"贵族青年"
Cocker	科克尔，意为"斗鸡者"

5.反映个人特征的姓氏

例如：

Amstrong	阿姆斯特朗，意为"臂力很大的"
Beaver	比弗，意为"大胡子"
Black	布莱克，意为"黑皮肤的；忧郁的"
Bright	布赖特，意为"聪明的"
Coward	科沃特，意为"胆怯的"
Crouse	克劳斯，意为"大胆的"
Gray	格雷，意为"灰白头发的"
Hale	黑尔，意为"强健的"
Hardy	哈代，意为"果敢的、耐劳的"
Long	朗，意为"高个子的"
Longmnan	朗曼，意为"高个子的"
Passe	帕斯，意为"已过盛年的"
Power	鲍尔，意为"有力的"
Read	里德，意为"博学的"
Reed	里德，意为"红润的、红头发的"
Savage	萨维奇，意为"凶猛的、粗野的"

二、英美地名文化

（一）英美地名的文化渊源

1.源自自然景观

不少城市因坐落在河流入海口或天然港湾，就以 haven（港口）、mouth（河口）、port（港口）结尾的名词命名。例如：

Bremerhaven　　不来梅哈芬

Cuxhaven　　　库克斯港

Newhaven　　　纽黑文

Portsmouth　　　朴次茅斯

Plymouth　　　　普利茅斯

Devonport　　　德文波特

Newport　　　　纽波特

以 bridge（桥）、ford（海滩）结尾的地名最著名的莫过于英国的大学城 Cambridge（剑桥）与 Oxford（牛津）了。

以 ford（海滩）结尾的名词命名的 Rockford（罗克福德）是美国伊利诺伊州北部城市，rock 和 ford 组合，意为多岩石的可以涉水而过的地方。

以 bend（河湾）结尾的美国印第安纳州的北部城市 SouthBend（南本德）就位于圣约瑟河南端的河湾处，故有此名。South Bend 在美国至少有 4 个。美国的 Salt Lake City（盐湖城）、Little Rock（小石城）、Sioux Falls（苏福尔斯）、Holbrook（霍尔布鲁克）等地名无不带有自然景观的痕迹。

2.借助一些非英美语言

例如：

凯尔特语：Kent Country——英国肯特郡，Cornwall——英国康沃尔郡。

拉丁语：最常见的是 caster、cester、chester 这 3 个来自拉丁语 castra（营房）的构词成分，如 Colchester（科尔切斯特）、Gloucester（格洛斯特）、Lancaster（兰卡斯特）、Leicester（莱斯特）、Manchester（曼彻斯特）、Winchester（温切斯特）、Worcester（伍斯特）。

法语：ille 是法语词尾，如 Brownsville（布朗斯维尔）、Evansville（伊万斯维尔）、Louisville（路易斯维尔）、Nashville（纳什维尔）。

苏格兰语：词尾 burgh，如 Pittsburgh（匹兹堡）。

德语：词尾 burg，如 Augsburg（奥格斯堡）、Strassburg（斯特拉斯堡）。

西班牙语：以 san 开头的地名不少是西班牙语地名，如 San Jose（圣何塞），San Lorenzo（圣洛伦索）、San Miguel（圣米格尔）、San Pedro（圣佩德罗）、San Roque（圣罗克）。

3. 移植与复制

这在美国表现比较充分。众所周知，美国是典型的移民国家。在过去几百年间，移民一批一批漂洋过海，从世界各地涌入这里。出于情感上的需要，不少移民在兴建城镇时采用了各自故乡的地名，当然故土的首都往往成为首选。

在美国，命名 London（伦敦）的至少有 6 个不同州的 6 个城市，至少有 10 个叫 Paris（巴黎）的城市，以及 10 个 Rome（罗马，意大利首都名），12 个 Athens（雅典，希腊首都名），8 个 Dublin（都柏林，爱尔兰首都名），9 个 Berlin（柏林，德国首都名），18 个 Canton（广州，中国城市名），1 个 Turin（都灵，意大利城市名），2 个 Oslo（奥斯陆，挪威首都名），3 个 Stockbolm（斯德哥尔摩，瑞典首都名），5 个 Madrid（马德里，西班牙首都名），9 个 Lisbon（里斯本，葡萄牙首都名），5个Havana（哈瓦那，古巴首都名），还有Shanghai（上海，中国城市名）、Saint Petersburg（圣彼得堡，俄罗斯城市）、Glasgow（格拉斯哥，英国苏格兰城市名）、Edinburgh（爱丁堡，英国苏格兰地区首府名）、Dundee（邓迪，英国苏格兰城市名）。如果仔细看看《美国地名译名手册》，可以从中找到全世界的许多城市名。有人说，美国是个大熔炉，至少从地名来看，这个说法一点也不过分。

此外，还有在原地名前加New，表示与原地名相区别，我们最熟悉的并且离我们地理距离较近的要算印度的德里（Delhi）和它近旁的印度首都新德里（New Delhi）了。下面还有一些例子。

New Zealand（新西兰）是国家，而Zealand（西兰岛）在丹麦。

New Berlin（新柏林）在美国，而Berlin（柏林）是德国首都，美国也有同名城市。

New Cuinea（巴布亚新几内亚）是大洋洲的国家，而The Republic of Equatorial Guinea（赤道几内亚）是非洲国家。

New England（新英格兰）是美国东北部一地区，包括康涅狄格州、缅因州、马萨诸塞州、新罕布什尔州、罗得岛州和佛蒙特州6个州，而欧洲的England（英格兰）离New England就太远了。

New Amsterdan（新阿姆斯特丹）是美国纽约（New York）的前称，而Amsterdan（阿姆斯特丹）在荷兰，且美国也有城市叫Amsterdan。

New York（纽约）在美国，York（约克）在英国，美国也有叫York的城市。

New Plymouth（新普利茅斯）在新西兰，Plymouth（普利茅斯）英美都有同名城市。

New Hebrides（新赫布里底群岛）在大洋洲，Hebrides（赫布里底群岛）在英国。

New Ireland（新爱尔兰岛）在巴布亚新几内亚，Ireland（爱尔兰岛）则在欧洲。

New Belgrade（新贝尔格莱德）在塞尔维亚，而 Belgrade（贝尔格莱德）是塞尔维亚首都，两者相距不远，就像 Delhi 在 New Delhi 附近一样。新贝尔格莱德是组成贝尔格莱德的 17 个自治市之一。

4.具想象力和独创性的地名

如果说从美国地名中我们更多是看到复制与移植，那么从澳大利亚地名中我们则较多地看到想象力和独创性。

据说，澳大利亚首都 Canbera（堪培拉）定名有一个很曲折的过程，有人建议取出 6 个州的首府的名字的前两个或 3 个字母，合成为 Sydmeladperbrisbo，我们先不看别的，单看地名取这么长就会觉得不合适。又有人建议把英国的 England（英格兰）、Scotland（苏格兰）和 Ireland（爱尔兰）的前几个字母组合成 Engirscot，表示把澳大利亚和英国紧紧连在一起，但人们提出为什么不加上 Wales（威尔士），而爱尔兰只有北部是英国的，就凭这一点 Engirscot 这个名字就不成立。有人提出 Canberra 作首都名，它源于一种土著语言，意为"会议地点"，又有"妇女的乳房"之意——首都当然是政府和议会开会的地点；"乳房"孕育着人类。这个词很合澳大利亚人的心理，Canberra 这个首都名就通过了。以下这些地名也很有想象力和独创性：

Baking Board	贝肯博德，意为"烤板"
Blowhard	布卢哈德，意为"刮大风"
Broke	布罗克，意为"破产"
Come-bye-chance	康姆拜钱斯，意为"偶然而来"
Goodnight	古德奈特，意为"晚安"
Nevertire	内沃泰尔，意为"从不疲倦"
Rise	顿斯，意为"高耸"
Shine	夏恩，意为"闪光"
Snuggery	斯纳格里，意为"温暖舒适的地方"

| Wail | 韦尔，意为"呼啸" |
| Wishbone | 威什邦，意为"如愿骨" |

当然，不能说美国地名就没有想象力与独创性，上例中提及的 Goodnight 与 Shine 两个地名，我们在美国也可找到。而在美国也可找到人称古怪而生动的地名。例如：

Arizona（亚利桑那州）有一个 Tombstone（墓碑镇），因为这里原是荒蛮之地，又称"鬼城"。

Mississippi（密西西比州）有 Alligator（鳄鱼河），即 Crocodile，因为这里是鳄鱼出没之处。这个州还有 Hot Coffee（热咖啡市），Money（金钱市），自然它们分别与 coffee（咖啡）、money（钱）有关系。

Arkansas（阿肯色州）的 Ink（墨水城）自然与 ink（墨水）有关。

West Virginia（西弗吉尼亚州）有个 Sisterville（千金市），自然就与 sister（女孩子）有关。

每个国家的地名都有一些故事，只不过美国复制、移植的比例大一些。外国地名来源当然不止以上这些方面。囿于篇幅，不能全部展开。

（二）英美地名的其他文化特征

我们先要弄清楚的是，地名是时代的标志。从以上所述我们可明显地看出，地名都是打上了时代烙印的，如在殖民时代，殖民地很多以英王、英王后、殖民者本人及故土名称命名的。在不同的历史时期，地名有不同的文化特征，在人类文明发展的初期，地名的命名只依据该地的自然特征或外部形状，如 Rocky Mountains（落基山脉）意为"岩石重叠的山"，Red Sea（红海）意为"红色的海"。人类发展到一定阶段后，许多地方开始按其占有者的名字命名，有的按部落名字命名，如 France（法兰西），得名于日耳曼民族的法兰克人（Franks），该民族名称即"自由人"之意；有的依个人命名，如 Weddell Sea（韦德尔海）；有些地名是为纪念某个人，如"威德尔海"就是为纪念英国探险家 James Weddell

77

（詹姆斯·威德尔）而命名的，Vancouver（温哥华）则以英国探险家 George Vancouver（乔治·范库弗）的姓氏命名。大概从中世纪开始，地名命名进入一个新的历史时期，如许多含有 bridge（桥）的地名一般都源于中世纪，如英国的 Cambridge（剑桥）。之后，即 15、16 世纪，由西班牙、葡萄牙的传教士、移民和探险家命名了一系列带有宗教色彩的地名，其中大部分是圣徒的名字。其后的 3 个世纪中，英国、法国、荷兰殖民者开始在新开拓的或新发现的国家，特别是在北美、非洲和澳大利亚等地用他们的名称来命名。到了 20 世纪，又出现了为数不少的另一类地名：一些殖民地得到独立，从而产生了很多新地名；苏联解体后又出现了一批新地名。

1. 地名的别称

地名的别称是地名的一大特点。我们先看看国名的别称，其主要是根据这个国家的特色（包括特产、特别的气候、特别的地理位置等）给出。例如：

Butterfly Country	蝴蝶国：巴拿马（Panama）
Country of Cherries	樱花国：日本（Japan）
Country of Cocoa	可可之国：加纳（Ghana）
Country of Coffee	咖啡国：巴西（Brazil）
Country of Garden	花园国：新加坡（Singapore）
Country of Maple Leaves	枫叶之国：加拿大（Canada）
Country of The Pyramids	金字塔之国：埃及（Egypt）
Equatorial Country	赤道之国：厄瓜多尔（Ecuador）
Hornof Africa	非洲之角：包括索马里和埃塞俄比亚等国家
John Bull	约翰牛：英国（the U.K.）的拟人化形象
Polar Bear	北极熊：俄国（Russia）
Uncle Sam	山姆大叔：美国（USA）

Banana Republic   香蕉共和国 [①]

相较于国名的别称，更多的是城市名的别称。下面也列一部分城市的别称，看看世界各城市的风采，特别是各国首都的风采：

Athens of South America   南美的雅典：哥伦比亚首都波哥大（Santafede Bogotá）

Beer City   啤酒城：美国密尔沃基（Milwaukee）的别称

Big Smoke   雾都：英国首都伦敦（London）的别称

City by the Bay   海湾城：美国旧金山（San Francisco）的别称

City of Angels   天使城：泰国首都曼谷（Bangkok）的别称

City of Brotherly Love   友爱城：美国费城（Philadelphia）的别称

City of Castles   城堡城：丹麦首都哥本哈根（Copenhagen）的别称

City of clocks and watches 钟表城：瑞士首都伯尔尼（Berne）的别称

City of copper   铜城：赞比亚首都卢萨卡（Lusaka）的别称

City of drought   干旱城：秘鲁首都利马（Lima）

City of frescoes   壁画城：墨西哥首都墨西哥城（Mexico City）

[①]香蕉共和国：政治专有名词，是对经济体系单一（通常是主营经济作物，如香蕉、可可）、拥有不稳定或不民主的政府，特别是那些被外国势力介入的国家的贬称，通常指中美洲和加勒比海的小国家。

2.地名的引申意义

有些地名因某种原因，其意义被引申。

我们先看下列例句：

Even Augean stable couldn't be any dirtier than that place. 那地方脏得没法形容。（奥吉亚斯的牛圈都没那地方脏。）

有个故事说：奥吉亚斯国王在他的牛棚里饲养了 2000 头牛，30 年都没有打扫过。赫拉克勒斯引来阿尔裴斯河和珀涅俄斯河的水，一日之内把它打扫干净了。Augean stable 就代指"极其肮脏的地方"，可引申为"不良的制度""下流的习俗""恶劣的作风"。

"Now, Sir." said my aunt to Mr. Micauber, as she put on her gloves, "We are ready for Mount Vesuvius, or anything else, as soon as you please."

"Madam," returned Mr. Micauber, "I trust you will shorly witness an eruption."

"那么，先生"我姨妈一边戴上手套一边对米考柏先生说，"我们得对爆炸性事件或其他什么事要有准备，越快越好。"

米考柏先生回答说："太太，我相信你会很快见证到这次事件。"

很明显，Mount Vesurius（维苏威火山）作为唯一位于欧洲的活火山在这句子中的引申义为"爆炸性事件"。

除 Augean stable 和 Mount Vesurius 之外，英美地名有引申意义的还不少。例如：

Babylon　　　　　古巴比伦，引申为豪奢华靡的大都市

Bermuda Triangle　北美百慕大三角，引申为危险区

Bohemia　　　　　捷克波希米亚，引申为生活豪放不羁的人（艺术家，作家等）居住地

Broadway　美国百老汇（纽约曼哈顿一条 25 千米长的大街，是美国商业戏剧的中心），引申为重要戏剧活动中枢

Dice City　美国拉斯维加斯市，引申为夜总会与赌场

Dunkirk	法国敦刻尔克，引申为大溃退
Ceshire	英国柴郡，引申为柴郡干酪
Grub Street	英国伦敦格拉布街（一条旧街，以前为贫困作家、潦

倒文人集居的街道），引申为贫困作家、潦倒文人

　　Maginot Line　马奇诺防线（第二次世界大战前法国建筑防御阵地体系，但德国人在二战时绕过防线从比利时攻打法国），引申为愚蠢的事情

3.地名指代物品

地名常常单独或加名词表示该地的特产。例如：

　　Chantilly lace　尚蒂伊花边（多用于新娘礼服或晚礼服上），Chantilly 为法国一城市名

Cheddar cheese	切达干酪，Cheddar 为英国一村庄名
Clydesdale	克莱兹代尔马，Clydesdale 为英国一地区名
Curacoa	柑桂酒，Curacoa 为加勒比海一岛屿名
Danish pastry	丹麦酥皮饼，Danish 即 Demark（丹麦）的所有格

形式

Derby	体育术语，多指球队之间的比赛，Derby 为英国一城

市名

Devon	德文牛（英国种红毛牛，乳肉兼用），Devon 为英国

一郡名

　　Dresden china　德累斯顿瓷器，Dresden 为德国一城市名

4.地名中的数字

在我国地名中常见到对数字的使用，如九江市（江西省）、二连浩特市（内蒙古自治区）等。特别是一些县级以下的小地名似乎更多一些，如辽宁省的北三家子、四家子、北四家子、七家子、八棵树。英美语言中的地名含数字的不是很多，但也有一部分。例如：

One Fathom Bank	一寻浅滩（英国）
One and Half Mile Opening	一英里半通道（澳大利亚）
Two Bridges	双桥镇（英国）
Two Lakes	双湖（美国）
Twin Buttes Reservoir	图比尤茨水库（美国）
Twin Cities Naval Air Station	双城海军航空站（美国）
Twin Lakes Reservoir	双湖水库（美国）

三、英美颜色文化

（一）英美颜色词的用法

英美颜色词大部分作为形容词使用，但有时候可以活用作其他类词。例如：

His hair has been graying fast. （用作动词）

His hair was touched with gray. （用作名词）

英美语言中更多是通过派生的方式进行词性转化。例如：

Blackberries are beginning to redden.

黑莓开始变红了。

Signs of eye infection include redness，swelling，pain/ discomfort and eye discharge.

眼睛感染的症状包括红、肿、疼痛／不适和眼睛有分泌物。

（二）英美颜色词的文化特征

1. red

英美语言中的 red 可以表示"喜庆""热闹""温暖""害羞"等意，也表示"血腥""色情"。例如：

to roll out a red carpet	铺红地毯（以迎接重要客人）
red letter day	纪念日，喜庆的日子
to paint the town red	痛饮，狂欢
a red battle	血战
red-handed	正在作案的，手染血的
to see red（to turn red with anger）	大发雷霆、气得发疯
to wave a red flag	惹人生气（从斗牛运动中引申而

来的含义）

Her face turned red.	她脸红了。

2. purple

英美语言中的 purple 象征一种"皇室"的高贵。例如：

She was born to the purple. It seems no man matches up to her in this city.

她出身名门，这个城市似乎没有配得上她的男子。

What I saw today was an insult to all of the former greats that have worn purple and gold.

我今天所看到的事情是对所有披过紫金战袍的伟大前辈们的侮辱。

3. white

英美语言中的白色有纯洁的含义。例如：

a white spirit	正直的精神
a white soul	纯洁的心灵
white market	正规、合法的市场
as white as snow	洁白如雪

4. yellow

yellow 有"危险""警告""虚弱""萧条""悲凉"之意。例如：

| a yellow card | 亮黄牌 |
| double-yellow-line | 双黄线（在交通中表示禁止逾越） |

另外，英美语言中有 yellow fever（黄热病）、yellow blight（萎黄病）。

5. green

英美语言中的 green 总是和蔬菜、水果、园艺联系在一起，也有"嫉妒"的意思。例如：

green thumb，green fingers	擅长园艺工作
green-eyed	嫉妒的
a green hand	生手
a green old age	老当益壮
to remain green forever	永远保持精力充沛
A hedge between keeps friendship green.	距离使友谊长青。

6. black

black 有"邪恶""不光彩""肮脏""沮丧""不幸""悲哀"之意。例如：

black mood	心情低沉
a black dog	一个沮丧的人
black letter day	不吉利的日子
black money	黑钱（来路不正的钱）
black look	恶狠狠地瞪一眼
black-hearted	黑心肠的
black sheep	害群之马
black flag	海盗旗
black in the face	气得脸色发紫
be black with anger	怒气冲冲

black stranger	完全陌生的人
black book	记过簿，黑名单
black leg	骗子，罢工破坏者

四、英美数字文化

（一）英美数字词的文化内涵

1.用数字来代表特定事物、概念

在英美国家，人们有时会说："Five it！"意为"（根据《美国宪法第五修正案》）拒绝回答"。这一用法又是从 fifth 一词引申而来。[①]fifth 在美式英语中作为习语指《美国宪法第五修正案》（The Fifth Amendment），此条规定"在刑事案中任何人不得被迫自证其罪"。

有一些英文数字表达的意思比较特殊，如 four leaf clover（幸运草）、four letter word（下流词）、Five-o（警官）、four o'clock（紫茉莉）、forty winks（打盹，小睡）、fifth wheel（累赘）、like sixty（飞快地）、nine days'wonder（轰动一时即被遗忘的事物）、thousand year egg（松花蛋）、eleventh hour（最后时刻）、take ten（小憩，休息一会儿），不胜枚举。[②]

2.用数字本身表示"最"

在美国俚语中，有 forty-leven（eleven）的用法，表示"许许多多，数不清的"。此外，fifty 也可表示众多的、大数目的。

（二）英美数字词的文化特征

1. three

西方人也偏爱"3"，把"3"看作完美的数字，看作全能力量统一

---

① 张安德，杨元刚.英汉词语文化对比 [M].武汉：湖北教育出版社，2003：194.
② 张安德，杨元刚.英汉词语文化对比 [M].武汉：湖北教育出版社，2003：116.

的象征。西方人认为世界由大地、海洋和天空三部分组成；大自然包括动物、植物和矿物；人体有肉体、心灵和精神三重性。具体举例如下：

The third time is the charm.

第三次准灵。

Number three is always fortunate.

第三号总是运气好。

莎士比亚戏剧里也有这样的例子：

All good things go by threes.

好事成"双"。

2. thirteen

在西方国家，"13"是人们最忌讳的数字，被认为是凶险不祥的象征，尤其在欧美成为头号大忌。例如，不能13人同桌吃饭，上菜不能上13道，重大活动要避开13号，高层建筑、旅馆等没有13楼或13号房间，医院不设第13号病床和病房。"Thirteen is an unlucky number." 人们认为13不吉利，总是千方百计地避开13，对数字13的忌讳到了不可理喻的地步，常用a baker's dozen 来代替13。对13的禁忌与罗马神话和耶稣遇难的故事有关。

五、英美动物文化

（一）horse

英美语言中的 horse 除了本义"马"，还代表忠实（loyal）、快（quick）。

西方的马在历史上起到过非常重要的作用，所以有很多与马有关的习语表达。现在西方生活中的马多用于赛马。下面是一些带有 horse 的习语例子：

horse laugh	纵声大笑
hold one's horse	沉住气
horse sense	常识
salt horse	海军中的非职业军官
put the cart before the horse	本末倒置

A ragged colt may make a good horse.

丑驹可以长成骏马。（喻后生可畏）

A horse stumbles that has four legs.

人有失手马有失蹄。

Dave is a big eater but he's met his match with Gordon—he eats like a horse.

戴维很能吃，他碰到了同样非常能吃的戈登。

（二）snake，serpent，viper

英美语言中的 snake、serpent、viper 的含义都是"蛇"，代表着冷酷（cruel）、险恶（vicious）、狠毒（dangerous）。

英美语言中的 snake 多为贬义，如 a snake in the bosom（恩将仇报的人）、a snake in the grass（暗藏的敌人）。[①]圣经中的"蛇"是魔鬼撒旦的化身，在伊甸园中诱惑亚当和夏娃吃下禁果。

（三）pig

英美语言中的 pig（猪）代表着肮脏（dirty）、丑陋（nasty）、懒惰（lazy）、贪得无厌（greedy）。

"Pig！"也是骂人的脏话，其他表达也均为贬义。例如：

| eat like a pig | 吃得像猪一样 |
| make a pig of oneself | 大吃大喝 |

---

① 孙俊芳. 英汉词汇对比与翻译 [M]. 北京：知识产权出版社，2016：34.

teach a pig to play on a flute   对牛弹琴

He has been a pig about money.

他对钱贪得无厌。

He is as dirty and greedy as a pig.

他像猪一样肮脏贪婪。

（四）ox, cow, bull

英美语言中 ox、cow、bull 的含义都是"牛"，象征着勤劳（hardworking）、强壮（strong）。

bull market 表示比较好的、向上的行情。例如：

This is a rational bull market in real assets, with room to run.

这是一轮实物资产的理性牛市，仍存在上行空间。

此外，ox、bull 还用在一些习语中。例如：

The tired ox treads surest.

牛困走得稳。

The new housemaid is like a bull in a china shop.

新来的女佣是个毛手毛脚的人。

Don't be so bull-headed. Why can't you admit that others'opinions are just as good as yours?

别这么固执（类似于汉语中的"牛脾气"）了，你为什么不能承认别人的观点也和你的一样好呢？

（五）mouse

英美语言中的 mouse 含义是"鼠"，代表着胆小（timid）、猥琐（obscene）、肮脏（nasty）、目光短浅（short-sighted）、善偷盗（light-tingered）。

mouse 在英美语言中的很多表达和汉语相似。例如：

as timid as a mouse 胆小如鼠

You dirty rat.

你这卑鄙的家伙。

A lion at home, a mouse abroad.

在家如狮，在外如鼠。

Don't make yourself a mouse, or the cat will eat you.

不要把自己当老鼠，否则肯定被猫吃。

A rat crossing the street is chased by all.

过街老鼠，人人喊打。

但是，英美语言中的 mouse 有时也有可爱的一面。比如：人见人爱的 Micky Mouse（米老鼠）；mouse and man 用来指"芸芸众生"，而非"鼠辈"；甚至还有"安静"的特质，如 as quiet as a mouse 有"噤若寒蝉"之意。

（六）owl

英美语言中的 owl（猫头鹰）代表着机警，如 as wise as an owl（像猫头鹰一样聪明）。而汉语中的猫头鹰是不祥之物，有"夜猫子（猫头鹰）进宅，无事不来"的说法。但是汉语的"夜猫子"和英美语言的 night owl 却非常对应，和 early bird 正好形成对比。

此外，该词还有一些派生词和习语。例如：

bring owls to Athens. 运猫头鹰到雅典（多此一举；徒劳无益）

Her new glasses make her look rather owlish.

她的新眼镜使她看上去很文雅。

With his owlish face, it is easy to understand why he was called "The Professor".

看他一脸的严肃，就不难理解为什么他被称为"教授"了。

六、英美节日文化

（一）holiday，festival，vacation

英文中 holiday、festival 和 vacation 这 3 个词在表示节日或假日的时候意思有交叉重叠的地方，关于什么时候用哪一个词最合适，很多人并不清楚。这里我们介绍一下它们的用法和译法。

holiday 和 vacation 在表示"休假""外出度假"和"假期"时意思是一样的，差别在于 holiday 是英国用法，而 vacation 是美国用法。

summer holidays/vacation   暑假

Christmas holidays/vacation   圣诞假期

I'm on holiday/vacation until the 1st of June.

我休假要休到 6 月 1 日。

但 holiday 还可以表示"法定节假日"，而 vacation 无此含义。

The 1st of May is the national holiday in China.

5 月 1 日是中国的法定假日。

如果要表达某一机构里职员享受的带薪假则两词均可用。

Employees are entitled to four weeks' paid vacation annually.

职员每年可以享受 4 个星期的带薪假。

上面讲的是 holiday 和 vacation 用法的异同，下面再来看一看 holiday 和 festival 的异同。holiday 在表达"节日"时含义比 festival 广泛，既可以指法定节日，又可以指宗教节日，但 festival 不能用于法定节日，通常是指宗教节日或传统节日。

Christmas and Easter are church festivals.

圣诞节和复活节是教会的节日。

90

（二）carnival

意大利语 carnevale 在英文中被译作 carnival（狂欢节）。如今已没有多少人坚守大斋节这类节日的清规戒律，但传统的狂欢活动却保留了下来，成为人们的重要节日。

按照习俗，每到 carnival，人们就会穿着特殊的服装，在街上进行奏乐、跳舞等活动，这是一种狂欢的节日，中国香港将其音译成"嘉年华"，这个优美的译名得到认可后，很快成为大型公众娱乐盛会的代名词，如 a book carnival（书籍博览会）、a water carnival（水上狂欢节）。但现在 carnival 似乎大有被滥用的趋势，如"汽车嘉年华""啤酒嘉年华""花卉嘉年华"，这里的"嘉年华"只是"节日"的一个称呼，与原来狂欢的概念已经相差甚远了。[①]

世界著名的狂欢节有 Rio Carnival（里约热内卢狂欢节）、Carnival of Venice（威尼斯嘉年华）、Notting Hill Carnival（诺丁山狂欢节）等。

七、英美饮食文化

（一）英美饮食文化分析

英美饮食文化精巧科学、自成体系，其烹饪过程属于技术型，讲究原料配比的精准性以及烹制过程的规范化。例如，人们在制作西餐时对各种原料的配比往往要精确到克，很多欧美家庭的厨房都会有量杯、天平，用以测量各种原料的重量与比例。食物制作方法的规范化特点体现为对原料的配制比例和烹制时间的精确控制。

英美的饮食原料极其单一，只是几种简单的果蔬、肉食。他们崇尚简约，注重实用性，因而他们不会在原料搭配上花费太多的精力与时间，只是简单地将这些原料配制成菜肴；将各种果蔬混合成蔬菜沙拉或水果

---

① 邵志洪. 英汉对比翻译导论 [M]. 上海：华东理工大学出版社，2010：89.

沙拉；对于肉类原料一般都是大块烹制，如人们在感恩节烹制的火鸡；豆类食物也只用白水煮后就直接食用。

西餐文化讲究营养价值，他们看重菜的主料、配料以及烹饪方法。西餐的菜品主要有以下几种。

（1）头盘。西餐的第一道菜是头盘，也称为开胃品，一般分为冷头盘和热头盘，味道以咸、酸为主，数量较少，质量较高。常见的头盘有鱼子酱、焗蜗牛等。

（2）汤。汤是西餐的第二道菜，大致可以分为4类：清汤、蔬菜汤、奶油汤、冷汤。

（3）副菜。这是西餐的第三道菜，大多是鱼类菜肴，但通常水产类菜肴、面包类菜肴、蛋类菜肴等都可以作为副菜。鱼肉类菜肴之所以放在肉、禽类菜肴的前面作为副菜，主要是因为这类菜肴比较容易消化。西方人吃鱼往往使用专用的调味汁，如白奶油汁、荷兰汁、美国汁、酒店汁等。

（4）主菜。主菜通常是肉、禽类菜肴，是西餐的第四道菜。肉类菜肴主要取自牛、羊、猪等，牛排或者牛肉是西餐中最具代表性的菜肴。肉类菜肴的主要调味汁有蘑菇汁、西班牙汁等。禽类菜肴主要取自鸡、鸭、鹅，烹制方法有烤、焖、炸、煮，通常将咖喱汁、奶油汁、黄肉汁作为主要的调味汁。

（5）蔬菜类菜肴。在肉类菜肴之后是蔬菜类菜肴，有时可以作为配菜和肉类一起上桌。西餐中的蔬菜类菜肴以生蔬菜沙拉为主，如用生菜、黄瓜、西红柿制作的沙拉。

（6）甜点。西方人习惯在主菜之后食用一些小甜点，俗称饭后甜点。实际上，主菜后的食物都可以称为饭后甜点，如冰激凌、布丁、奶酪、水果、煎饼等。

（7）咖啡、茶。西餐的最后一道菜是上饮料，通常为咖啡或茶。咖啡通常会加糖和淡奶油，茶一般加糖或者香桃片。

（二）英美语言中的饮食文化

1. 主食与菜品

英国的气候受海洋影响，不冷也不热，适合这类气候的谷物有大麦、小麦、燕麦。小麦可以用来制作面包，所以英美大多以面包作为主食；大麦可以用来酿酒；燕麦可以用来饲养牲畜，牲畜能够产出牛奶、黄油和奶酪。因此，面包、牛奶、黄油和奶酪是英国人最熟悉的食物。这些食物的名称在习语中有充分的体现，bread 一词就有很多的词组。例如：

bread and butter　　主要收入来源，谋生之道

bread and circuses 食物与娱乐

英国人常吃黄油，会以黄油的特点进行比喻，如在形容人看上去老实巴交时，他们用 butter would not melt in one's mouth 来表示，意思是黄油放到他嘴里他都不敢让它融化，可见此人有多老实。

现在英国人要喝牛奶多数直接到超市购买，买回来后放在冰箱，采购一次可喝多天，而以前英国人喝的牛奶是由送奶的人天天早上送到家门口。所以如果有谁晚上很迟或者凌晨才回家，他们就说 come home with the milk，用"和早上的牛奶同时来"指彻夜不归。白垩（chalk）和奶酪外表看起来很相像，而实质则完全不同，白垩是粉刷材料，奶酪是食品，所以英国人在形容两种事物表面相似而实质截然不同时说（as）different as chalk and cheese，即"像白垩和奶酪一样截然不同"。如果奶酪是硬邦邦的，说明不是变质了就是太陈旧，吃起来不是滋味，所以 hard cheese 便用来比喻"倒霉"或"不幸"。

类似的与饮食习惯相关的习语还不少。例如：

cry in one's beer	借酒浇愁
big cheese	重要人物，老板
out of a jam	走出困境或麻烦
save one's bacon	使自己摆脱困境

live on the breadline	生活贫困，仅能糊口的
jam tomorrow	可望不可即的事物
know on which side one's bread is buttered	知道自己利益所在
Half a loaf is better than no bread.	聊胜于无。

2.茶文化

英美语言里面也有各种茶，如加了草药的 herbal tea 或者 tisane，把不同产地、不同品种的茶混在一起制作的 blends tea，以及 organic tea 和 decaffeinated tea。如果把它们译成中文，herbal tea 或 Tisane 可以译成"凉茶"，tea blends 可以译成"混制茶"，organic tea 可以译成"有机茶"，decaffeinated tea 可以译成"低咖啡因茶"。

3.其他饮品

每到盛夏，烈日如火，冰凉止渴的饮料便成了大家的最爱，从那些充斥着黄金时段的饮料广告就可见一斑。在饮料品种推陈出新的时候，我们也来关注一下饮料名称的翻译。

说到饮料名称翻译大家必然会想起 Coca-Cola 译成"可口可乐"的佳话。据说在可口可乐公司准备进驻中国市场的时候，请人翻译其主打饮料 Coca-Cola，但对各种版本的译文效果都不甚满意，直到一位蒋姓教授将其译为"可口可乐"，堪称神来之笔，至此才皆大欢喜。"可口可乐"四字不仅用双声叠韵的方式译出了原词的音韵美，而且迎合了消费者的心理——消费者理想的饮料就是既要"可口"又要"可乐"。原词中的 coca 和 cola 只是两种用来制作饮料的植物的名称，用作名称只是由于碰巧语音接近且比较悦耳，相比之下译文作为饮料名称则音义俱佳，更容易激起食欲。正因为"可口可乐"的成功，后来人们就把这一类的饮料都叫作"可乐"。

类似的成功例子还有 Sprite 和 Seven-Up 的汉译。Sprite 也是可口可乐公司旗下的饮料，在英美语言里的意思是"精灵"，所以在进入中国市场的时候根据饮料晶莹透亮的特征翻译成"雪碧"，让人一看到这个名称就联想到飞雪和碧水，顿时就会觉得浑身清凉、舒适解渴。Seven-Up 在英美语言里是由 seven 和 up 两个词组成的，up 有蓬勃向上、兴高采烈之意，要想找一个具有和 up 相同意思的汉字非常困难，但是"喜"字比较接近，因为我们习惯把一切好事都叫作"喜"，如"双喜临门"，所以译成"七喜"可以说既符合中国人喜庆的心理又忠实于原文。相比之下，Fanta 译成"芬达"就逊色得多，只是译音，并没有兼顾语义。

翻译饮料名称不同于其他翻译，要注意音形义结合，最好还要好看、好读、好记，结合商业规律和译文文化背景，使译文起到品牌效应。

八、英美习语文化

（一）英美习语的结构分析

习语的结构与一般结构的主要区别在于习语具有固定性，主要体现在构成词缺乏某种能力，如词语的替换、位置的移动、语态的变化、数的变换。具体表现在如下几个方面：

（1）习语是固定词组，其结构严密，组成习语的词不得随意分隔或拆开，如 make haste（赶快）不能在中间插入宾语把它分开成 make him haste。一个习语也不允许拆开用在两个句子或从句里。例如，read the riot act（发出警告）是一个具有较强转移能力的习语，尽管如此，也不能将其分割成两个部分而成为"It was the riot act that John read to me"。又如，把 pass the buck（推卸责任）分开形成"It was the buck that John passed"后，它的习语意义就不存在了，这个句子只能表示"这是约翰递给我的一美元硬币"。在习语的结构中插入词语，或把习语分开使用都会破坏习语的完整性，都将使习语失去原有的意义。

（2）习语的组成词不能随意更换，即使用同义词替换也往往会使习语意义丧失。例如，smell a rat（感到可疑）不能用作 smell a mouse，虽然 rat 和 mouse 都指老鼠，但 smell a mouse 只表示"嗅到一只老鼠"，该习语的意义完全消失。又如，习语 see red（发火，生气）也不能替换为 see scarlet，虽然 red 和 scarlet 都是红色，但 see scarlet 只表示"看到红色"，替换后原有的习语便荡然无存。再如：kick the bucket（死掉）改为 kick the pail 后，它的意思就变成了"踢桶"；make haste（赶快）不能说成 make hurry 或 do haste；dark horse 指的是出人意料的获胜者，常直译作"黑马"，如果改成 black horse，它就只有字面意义，只表示颜色上的黑马，而不是指获胜者。

（3）有些习语的结构违反正常的语法规则，例如，at large（逍遥法外）破坏了介词之后必须跟名词的规则；make believe（假装）违反了两个原形动词不能连用的规则；"As sure as eggs is eggs."（千真万确）和"The devil take the hindmost."（落后者遭殃）违反了主谓一致的原则；by and large（大概）和 room and to spare（很有余地）中并列连接词 and 的两边词性不一致；trip the light fantastic（跳舞）里动词 trip 的宾语是形容词，而形容词 fantastic 用形容词 light 修饰。违反语法规则的习语只是少数。

（4）对弈习语的主要动词或动词性习语，不能随意进行语态上的转换。有的习语经语态转换后，其习语意义便消失，如把"My father hit the roof when he found that I had damaged his new car."（我父亲发现我弄坏了他的新车，顿时大发雷霆）的语态改换为"The roof I was hit by my father when he found that I had damaged his new car." 这时该习语的意义"大发雷霆"已不复存在，该句子只能表示"我父亲发现我弄坏了他的新车，他敲打屋顶"。虽然语态转换在一般表达式里是很普遍的功能，但不能进行语态转换的习语为数不少。例如：

go through the ceiling   突然发火，物价飞涨

come to the rescue   帮助，救援

keep a tight rein on   严加控制

play cat and mouse with 戏弄……

96

eat one's heart out	暗自伤神
put one's heart and soul into	一心扑在……上
kick up one's heels	跑跳嬉戏
show a clear pair of heels	逃走
pop the question	求婚

另有一些习语习惯上用被动语态，如 call someone to arms（召某人入伍）在实际使用中通常用被动语态，如 "All the young men have been called to arms." 这样的习语如果用在主动语态有时显得很别扭。这类习语有 bring someone to book（审讯某人，使某人受惩罚），bring someone in from the cold（使某人不受冷落），等等。

（5）习语的构成词稍有变化就可能变成另一习语，意义则大不一样，如 before long（不久之后）改成 long before，意思就变成"很久以前"；如果 rain cats and dogs（下倾盆大雨）里的 cats 和 dogs 的位置对调，意思就只能是"下雨下了狗和猫"。即使只是一个冠词、一个复数形式或一般看来微不足道的一词之差都可能使原有的习语发生质的变化，如 in a state（乱七八糟）去掉 a 后，in state 的意思是"隆重地"；out of question 是"毫无疑问"，而 out of the question 是"绝不可能"。

（二）英美习语的文化渊源

1. 神话与习语

世界文化不但相通，而且相互影响。从英美语言的发展史来看，英美语言除了有许多词汇是外来的，还有相当一部分习语也是得益于其他民族的文学作品，其中要数神话和寓言对其影响最大。下面我们看看外国文学作品对英美习语的影响。

古希腊是西方文明的发源地，早在前 20 世纪，此地就有许多关于神的传说和故事，这些故事以口头的形式流传了十几个世纪，成为希腊神话的起源。到了公元前 8—7 世纪，随着古希腊诗人赫西俄德（Hesiod）

的《神谱》、荷马（Homer）描写特洛伊战争的《伊利亚特》和《奥德赛》等史诗的出现，希腊神话发展到了相当成熟的阶段。希腊神话最大的特点之一是他们的神具有人的形态和人的思想感情，同时强调人在自然面前的渺小。

2. 寓言与习语

寓言是一种文学形式，通常是把动物或事物拟人化，编写故事以说明某个道理或教训，常带有讽刺或规劝的性质。寓言故事因形式简短、比喻恰当、形象生动、寓意深刻而广为流传。寓言在流传过程中常被浓缩并升华为习语。世界上许多民族的寓言都为英美习语作出了贡献，其中功劳最大的是《伊索寓言》（Aesop's Fables）。

add insult to injury 说的是一只苍蝇老是在一秃顶人的头上爬来爬去，那人很是恼火，便狠狠地往头上打了一巴掌，结果非但没打到小小的苍蝇，反而把自己打疼了。此举遭到那只苍蝇的嘲笑，它说："你本想一下子置我于死地，但现在你是疼上加辱。"因此 add insult to injury 便表示"伤害之外又加侮辱"，即"雪上加霜"。

count one's chickens before they are hatched 说的是有个挤奶的姑娘，头上顶着一桶刚挤的牛奶，边走边盘算：我要用卖牛奶的钱买些鸡蛋，然后孵小鸡，小鸡长大后下蛋，以后就能靠卖蛋赚很多钱。当她想到有钱后要骄傲地向求婚者说"不"时，高兴地一摇头，头上的牛奶桶掉了下来，牛奶撒在地上，她的白日梦就此破灭。后来人们便用此语表示"过早乐观"。

九、英美典故文化

（一）英美典故形成的文化渊源

英美国家都在不同程度上受到了"两希文化"的影响，"两希文化"也是西方文化形成的前提和基础。所谓"两希文化"，即古希腊文化和古希伯来文化。西方后来的学术思想以及文学作品，无论是在体裁上，还是在主题上，都受到了这两种文化的影响。同时，"两希文化"也是典故形成的前提和基础。

中古之后，"两希文化"发展不大，但是那些受它影响的文化得到了长足发展。尤其是文艺复兴之后，西方文学的发展非常迅速，不但有大量的名著引用了来自"两希文化"的典故，而且这些名著本身也为英美世界提供了很多的典故，成为典故的重要来源。

（二）英美典故文化的来源分类

目前各类书刊对典故的分类主要以来源为依据，主要有以下几大类：

1. 神话类

英美语言中的神话典故多来源于古希腊、古罗马神话故事。例如：

Achilles' heel 　　　阿喀琉斯之踵，喻致命的弱点
Pandora's Box 　　　潘多拉的盒子，喻万恶之源

这些典故不是来自英国自己民族的神话故事，这从一个侧面反映出英国文化深受外来文化的影响。实际上，古希腊、古罗马神话故事不仅影响了英国的文化，还对整个西方社会的文化都产生了深远的影响。

2. 文学类

很多典故都出自文学作品，文学作品中的典故可以说是取之不尽。无论是古代的还是现代的，甚至是当代的很多作品也出现了典故。例如：

Shylock 　　　　　　　夏洛克，比喻吝啬的人或贪得无厌的人
much ado about nothing 比喻无事自扰

3. 其他类型

典故除了以上提到的几个来源外，人类生活的其他方面也都可能成为典故的来源。例如：

来自谚语：

It is the height that makes Grantham steeple stand awry.

树大招风，人强遭忌。

来自体育：

down and out　　来自拳击，倒下就出局，比喻生活穷困潦倒，一筹莫展

throw down the gloves　　来自拳击，扔掉手套，比喻发起挑战

来自民情：

baker's doze　　　　　　一打零一个，指十三，对十三的避讳

a feather in your cap　　帽子上的羽毛，比喻值得骄傲的事，荣誉

第三节　英美文学翻译中的文化缺省补偿策略研究

一、文化缺省

将作者和读者共享的背景知识在文本中被省略，就叫作"情境缺省"（situational default）。如果被省略的成分与语篇内信息有关，就叫作"语境缺省"（contextual default），而与文化背景知识相关的就叫作"文化缺省"（cultural default）。语境缺省和文化缺省都是情景缺省的副类。语境缺省的内容可以在语篇内搜索，但文化缺省的内容往往在语篇内找不到答案。由于文化缺省成分一般都具有鲜明的文化特色，并且存在于语篇之外，是某一文化内部运动的结果，所以会对处于不同语言文化背景中的读者造成意义真空（vacuum of sense），他们因为缺乏应有的图式，所以无法将语篇内的信息与语篇外的知识和经验联系起来，从而难

以建立起理解话语所必需的语义连贯（semantic coherence）和情景连贯（situational coherence）。即使读者根据与文本图式不相关联的图式进行推断，其理解也一般都是错误的。

文化缺省是作者在与意向读者交流时，对双方共有的相关文化背景知识的省略。在翻译这种跨文化交际中，原文作者和译文读者由于生活在不同的社会文化环境中，不具有共同的文化背景知识，所以对于原文读者来说是显而易见的文化背景知识，对于译文读者就构成了文化缺省成分。原文中文化缺省的存在及其交际价值使得我们不得不面对这样一个事实：原文作者在写作时是不为译文读者的接受能力着想的。

众所周知，在同一语言文化背景中成长的人会受到该语言文化背景中的文化传统、社会背景以及习俗的影响，形成他们固定的认知结构和价值观念（cognitive structure and value ideation）。例如，西方文化崇尚个体，而中国传统文化更加重视集体。因此，来自不同文化背景的人由于拥有不同的文化背景知识而难以互相理解。在话语理解的过程中，读者或听众就很容易对作者或讲话者的话语产生理解上的困难，甚至一头雾水。

二、英美文学翻译中的文化缺省补偿策略

（一）直译加注策略

认真审视原文作者运用文化缺省成分所隐含的艺术动机对译者选择文化缺省补偿方法是至关重要的。如果作者有意地使用某些历史典故以及形象化词语等方面的文化背景知识来刻画作品的人物特征或阐释作品的主题，译者应运用"直译加注"（literal translation with a footnote or an endnote）的方法来补偿文化缺省，以便体现原文作者的艺术动机和原作的美学价值。同时，译文读者通过阅读注释解决了意义真空点，沟通了与上下文的关联，从而建立起了语篇连贯。此时，如果运用其他补偿方法，可能会破坏原文的隐含意义，剥夺读者发挥想象力的机会。例如：

I look at the sunlight coming in at the open door through the porch, and there I saw a stray sheep-I don't mean a sinner, but mutton-half making his mind to come into the church.

我看透过前廊从敞开的门口进来的阳光，我看见那里有一头迷路的羊——我所指的不是罪人，是羊肉的羊——颇有进入教堂的意思。

该例出自董秋斯译本《大卫·科波菲尔》，狄更斯运用了双关语来创造语言幽默。sheep 一词有两层含义：一层含义是指羊，即一种动物，另一层含义指的是基督教中的罪人（sinner）。在该例的译文中，译者运用了"直译加注"的方法补偿译语读者的文化缺省以保留作者的意图。该例的脚注（footnote）应为"sheep 一词一语双关，既指羊，又指基督教义中所谓'有罪的众生'"。

（二）文内补偿策略

该补偿方法又可分为"增益"和"释义"。

1. 增益

增益（contextual amplification）是在译文中明示出原文读者视为当然，而目标语读者却又感到困惑的意义。此种方法既有助于保留原文的文化意象，又能补偿译文读者的文化缺省。在翻译中，译者把译语读者所必需的文化背景知识融入译语文本中以降低译语的难度，译语读者不必阅读译语文本外的注解就能迅速获得译文的连贯理解，因而阅读的惯性不会受到影响。该方法的运用主要是考虑到译文的清晰和流畅，缺点是原文的艺术表现方式在译文中会有所变形，原文因空白消失而剥夺了译文读者发挥想象力的机会。因此，译者在运用这一补偿方法时应格外认真谨慎。如果译语读者获得原文的连贯理解所需要的文化信息不是太多，译者可以为了译文的清晰和流畅运用这一方法。例如：

I love the church as one loves a parent, I shall always have the warmest affection for her. There is no institution for whose history I have a deeper admiration; but I can not honestly be ordained her minister, as my brothers are, while she refuses to liberate her mind from an untenable redemptive theology.

我爱教会像一个人爱他的父母一样。我永远对它有顶热烈的爱的。任何制度的历史都没有能像这种制度的历史那样使我敬慕。但是有一件，要是它的思想不能从让人没法拥护的观念里解放出来，我就不能忠诚地、老实地受委任他作为牧师，像我那两个哥哥那样。

在这段选自《德伯家的苔丝》的例句中，redemptive theology 与基督教概念有关。译者为了译文更方便和清晰，把注释移入译文中向中国读者解释这一文化词语的意义。

2.释义

释义（paraphrase）是文内补偿的另一种形式。释义不是逐字逐句翻译原文，而是直接向译文读者解释源语词句上下文中的意味（sense）。由于这既能保存原文的信息，又能给译者比较多的表达自由，所以在翻译中应用较广。例如：

If she did, she need not coin her smiles so lavishly; flash her glances so unremittingly; manufacture airs so elaborate, graces so multitudinous.

如果她真爱他的话，她根本用不着满脸堆笑，不停地递送秋波，这样煞费苦心地故作姿态，千方百计地装出温柔斯文的样子。

《简·爱》原文使用了 coin、flash、manufacture 等字眼，显然具有贬义。这是作者特有的表现手法，译者进行翻译时的确无法把这些表现手法直接移植过来，所以译者只好采用释义的方法，改用一些同样具有贬义的四字格，来大致传达作者的艺术动机和创造意图。

第五章　语境化维度下的英美文学翻译研究

　　语言的意义在于使用，换言之，意义发生在一定的语境中，意义对于语境具有绝对的依赖。翻译是一种跨语言、跨文化的语言使用，发生在跨语言、跨文化的语境中，因而翻译与语境休戚相关。语言学对于语境已经有了比较成熟的研究，但是我们不能将语言学的语境研究直接移植到翻译研究中，原因是翻译涉及的是双语语境，而语言学的研究只涉及单语语境。本章旨在把语言学中有关语境研究的成果借鉴到文学翻译研究中，综合文艺理论、翻译理论，整合跨学科的理论资源，对文学翻译进行较为全面的解释。

第一节　语境与语境化

一、语境

（一）国外语言学家对语境的研究

语境，简而言之，就是"使用语言的环境"。语境（context）本是一个语言学概念，英文对等词是 context。context 源自拉丁语 contextus，是 contexere 的过去分词，意为"组合在一起"。context 一词作为语言学术语，起初是语言学家对语言中音变现象进行语音形态分析时使用的术语。语言学家以语言单项的音变问题为研究的出发点，以语言单项本身和前后的语音、词或短语（上下文）为研究对象，旨在阐明 context 对语言单项语音影响的规律和制约功能。最初，context 对于研究语音的语言学家来说，只具有语音学意义和语法形态学意义。在他们的心目中，context 只是一种制约语音的形式环境。①

可见，在语言学中，语境本来只指"上下文"，即 co-text。最早发展语境概念，提出情景语境（context of situation）和文化语境（context of culture）这两个术语的是波兰人类学家马林诺夫斯基（Malinowski）。1923 年，他在给奥格登（Ogden）和理查兹（Richards）所著的《意义的意义》这本书所写的补录中第一个提出了"情景语境"（con-text of situation）的概念，他写道："在原始语言中，任何一个单字在相当程度

---

① 韩彩英，李悦娥.语境的外延衍生与内涵衍化 [J].外语与外语教学，2002（11）：16–18.

上都取决于它的语境……像理解'我们在某个地方划桨'就需要整句话的语境。如果允许我创造一个表达，它一方面表明'语境'的概念必须扩大，另一方面又不忽略说话情景与语言表达的相关关系，那么，我创造的词便是'情景语境'。"

这表明，马林诺夫斯基认识到，如果不把讲话人所说的话与当时的语境相结合，就不能理解话语的意思。也就是说"语境是决定语义的唯一因素，脱离了语境，则不存在语义"①。后来，马林诺夫斯基发现把话语与说话的语境相结合并不限于原始语言，所有语言都具有这个特点。所以他又把"语境"概念进一步扩大，提出了"文化语境"（context of culture），把语境研究推向了一个新的高度。

弗斯（Firth）把马林诺夫斯基的语境思想引入语言学中，进一步发展了语境理论。他认为语境不仅包括口头语言，还包括面部表情、手势、体态语、交流时在场的所有人以及这些人所处的环境。他对"语境"进行了比较详细的阐述，认为语言交际过程是人类在一定的情境中以适当的方式表达自己意图的过程，把语境界定为"语义分析平面上一套彼此相关的抽象的概念类别"，包括以下几个方面：

（1）参与者：其身份和作用。

（2）行为：参与者的语言和非语言行为。

（3）情景的其他相关特征。

（4）言语活动的影响。

由此可见，弗斯语境理论的研究对象不仅包括语言自身的因素，还包括了言语活动的社会性因素和客体因素，如主体及主体的个性特征和非语言行为、有关客体与主体语言行为的相互影响和效果。弗斯的分类已经明确表明了参与者的身份和作用对于交际的影响。弗斯之所以从语境和社会的角度研究语言，是因为他认为语言活动是一种社会行为，对语言意义的理解离不开对社会环境的理解。

---

①PALMER F R. Semantics[M]. New York: Cambridge University Press, 1981：51.

比利时语言学家维索尔伦也提出了一种动态的语境观。1999 年，维索尔伦出版了《语用学诠释》（*Understanding Pragmatics*），提出了宏观的动态语境论。在关联语境的框架内，语境只是一种心理构建物，而在维索尔伦的动态语境框架内，语境是由交际语境和语言性语境（语言信道）构成的。①其中，交际语境包括心理世界（Mental world）、社交世界（Social world）和物理世界（Physical world）。关联理论的语境观强调的是语境在推理中的作用，而维索尔伦语境观的突出特点是区分发话人的不同发话声型和释话人的不同角色类型，对于人类交际具有更强的解释力。

维索尔伦的语境理论把焦点放到了发话人和释话人身上，他们位于整个交际链条的核心地位，是联系各个语境因素的纽带。传统语境观强调的是语境要素成分本身，认知语境强调的是释话人为理解发话人而付出的认知努力，而维索尔伦的语境观既强调了发话人的作用，又强调了释话人的作用，因而更加具有说服力。

（二）国内语言学家对语境的研究

在中国，对语境的研究可谓源远流长。在中国古代，"训诂学中的根本大法——义训十分强调解释词义时要据文证义，也就是根据上下文来解释词义，这就反映了当今所说的'预警轮'观点"②。有学者认为袁仁林是第一位提出上下文并论述其作用的中国学者，在世界上也是最早提出并使用"上下文"这一术语的人。③

在中国，较早对语境进行系统研究的当数修辞学家陈望道。早在 20 世纪 30 年代，陈望道就在《修辞学发凡》中提出了"题旨情境说"④，指

①VERSCHUEREN J. Understanding pragmatics[M]. Beijing: Foreign Language Teaching and Research Press, 2000: 98.

② 王寅 . 语义理论与语言教学 [M]. 上海：上海外语教育出版社，2001：169.

③ 周方珠 . 翻译多元论 [M]. 北京：中国对外翻译出版公司，2004：78.

④ 陈望道 . 修辞学发凡 [M]. 上海：上海外语教育出版社，2001：11.

出"修辞以适应题旨情境为第一意，不仅仅是词语的修饰，更不应是离开情意的修饰"。他提出"六何"说，即何故（写说的目的）、何事（写说的事项）、何人（写说者和听读者之间的关系）、何地（写说者所在的地点）、何时（写说的时间）、何如（怎样写说）。陈望道的"六何说"与吉普林（Kipling）的"六仆人说"十分耦合，但是他对语境展开的规律没有进行系统的论述。另一位修辞学家王德春提出了"语言使用的环境"，认为语境应该包含主客观两种因素，并对语境及其规律提出了如下较为系统的看法：①

（1）语境是时间、地点、场合、对象等客观因素和使用语言的人的身份、思想、性格、职业、修养、处境、心情等主观因素所构成的使用语言的环境。

（2）依赖于构成语境的客观因素，就出现了一系列语言特点，并形成了一定体系，这就是语体。

（3）构成语境的主观因素决定了个人使用语言的特点，这就是风格。

（4）语境中的阶级思想因素和时代因素影响着人们使用语言的作风，这就是文风。

（5）修辞方法只有在特定的语境中才能显示出修辞效果，必须根据语境运用修辞方法。

（6）语言美、语言修养等问题也要联系语境来分析。

在此基础上，王德春指出要重视语境的研究，建立语境学，把语境学作为修辞学的基础。

刘宓庆认为语境是"语言使用也就是观念化指称运作（inaction）的现实化（substantiation）"，可以小至词语搭配，大到社会文化和历史背景，从而形成了一个语境的梯级：搭配、上下文、句段、文本（称作微观语境）以及历史文化背景（称作宏观语境）。

从中国学者对语境的研究中我们可以看出，中国学者的语境概念也

---

① 王德春. 现代修辞学 [M]. 上海：上海外语教育出版社，2001：41.

是源自"上下文"，之后概念逐渐扩大，并且在最近的语境研究中，中国学者吸收、丰富并发展了西方学者的语境研究。

总结以上中外学者有关语境的阐述，可以看出，虽然不同的学者列出的语境因素清单不尽相同，但是语境研究的趋势是多元化、认知化、动态化的。语境是交际中的语境，在交际过程中，有些语境因素是相对固定的，而有些语境因素是随着交际的发展而动态发展的，语境具有静态和动态双重特征。在交际过程中，交际者起着非常重要的作用，语境通过交际者的认知机制发挥作用。

在语言学界，语境研究从一元走向多元，取得了令人瞩目的成绩，但是语言学对语境的研究多以现场交际中参与者的会话为出发点，而在翻译过程中，译者面对的是固态的文本，因此语言学的语境研究不能完全移植到翻译研究中。具体而言，语言学的语境研究呈现以下4个特点：

（1）理论上，普遍理论阐释多，如语境的构成、分类、特征、功能；从语境到语篇的上位研究居多；由下至上（语篇到语境）的系统研究少。

（2）实践上，多数研究者比较重视语境对描述、解释语篇的种种作用，而相对忽视了语言对语境的构建能力。

（3）虽然提出了语篇语境或语言语境的概念，强调语境和语篇之间的互动关系，但对于语篇到语境的系统研究和推理过程，却较少有人进行理论阐释和实例分析。

（4）单语语篇中的语境研究居多，涉及两种或两种语言以上的语境研究尚不多见。

另外，语言学对语境的探讨多以现场交际中参与者的会话为出发点，语料多出自现实生活中交际双方的会话。然而从他们的对话中推导语境的功能，然后再用语境去推导会话含义，进而归纳语境的构成要素，从文学语篇中选取语料进行分析的很少。

我们的文学翻译语境化探索语料取自文学语篇，研究的是双语语境，对翻译语境进行界定，以译者为中心切入翻译研究，从译者进行的语境化入手描写和解释翻译现象，探讨翻译过程各个阶段中翻译与语境的相互关系。

二、语境化

语境化的英文是 contextualization。约翰·J. 甘伯兹（John J. Gumperz）与 J. 库克－甘伯兹（J. Cook-Gumperz）在《语言与语境论集》中提出了"使语言语境化"的概念。他们认为，社会交际的过程在某种意义上就是交际参与者不断构建、利用和破译语境的过程。通过对这个过程的构建，有可能揭示各种相关知识或语境参数在特定交际中是如何作用于话语理解或影响话语理解的。甘伯兹指出，社会交际依靠的是一个机制，该机制能通过交际参与者介入活动的方式或使其行为和活动语境化，说话人赖以决定共同参与活动所需形式的信息源就是它的一种物化形式。实际上，说话人在其说话过程中总是不断地不可避免地创造局部语境，提供作为其行为和活动连续输入的语境，这个过程被称为"语境化过程"，这个语境化过程是由一套使各种语境化提示与参与者的背景知识相联系的步骤构成的。在甘伯兹的语境化框架内，语境是动态的多向概念，也就是说，语境诸因素会随时不断重组，不断变化。语言的理解依赖于语境，但语言并不仅仅是被动地受制于语境；语言本身也是语境不可或缺的重要组成，并以重要的方式参与语境的构建。也就是说，交际者根据语境产生语篇，而语篇本身也可以构成语境。

莱昂斯（Lyons）也对语境化问题有所论述，他定义语境化："使话语与语境相衔接、连贯的过程。"[1]

从他们对语境化的论述可以看出，他们都注重了语境的动态性，认为语境与语篇之间呈现双向联系，彼此相互制约，相互构建。这种构建语境、破译语境、利用语境、适应语境的过程就是语境化过程，一切意

---

[1] LYONS J. Semantics[M]. Cambridge：Cambridge University Press，1977：227.

义均存在于这种语境化过程中。语言学的语境化研究为我们的文学翻译语境化探索提供了理论支撑和启发意义。

第二节　翻译语境与英美文学翻译语境

语境本来就是语言的客观属性，而翻译涉及文本的转化与生成过程，因此语境也必然是翻译的客观属性。但是，对于不同的文本类型，语境类型的划分也略有差异。"文学语言不同于一般语言，它的丰富信息不是直接宣泄于词语的表面，而是蕴含在词语的深层结构之中。也就是说，它除了宣示义，还具有丰富的启示义。宣示义和语言符号是一种对应关系，一是一，二是二，明白确定；启示义是潜在的、运动的，它随着语境、情感氛围和文化结构的变化而变化"。[①] 因此，与实用文体的翻译相比较而言，文学翻译涉及的语境因素更为复杂。

一、源语语境与译语语境

语境研究与翻译有着天然的联系。霍姆斯（Holmes）在论述诗歌翻译时谈到诗歌翻译的三种语境，即语言语境（linguistic context）、文学互文语境（literary intertext）以及社会文化语境（socio-cultural situation）。[②] 这三种语境既涉及源语语境，又涉及译语语境。霍姆斯认为语言转换的过程也必然涉及语境的转换，也就是说译者需要思考应该采取"异化"还是"归化"，"历史化"还是"现代化"的翻译策略。原因是文学翻译与技术性文献翻译的不同点在于文学翻译要受到原作的

---

① 龙协涛. 文学阅读学 [M]. 北京：北京大学出版社，2004.
② HOLMES J S. Translated! Papers on literary translations and translation studies[M]. Amsterdam：Rodopi，1988：47.

"权力"等语境因素的制约，特别是原作属于名著或者经典化的著作时。历史上不乏一些文本操纵的例子。如果译者没有受到原作的"威胁"，他就可能改变原作，"把作者带向读者"，使之适应目的语文化；反之，则可能把"读者带向作者"。因此，文学翻译的语境第一应该包括源语语境、译语语境。

二、间性语境

（一）文化间性语境

皮姆（Anthony Pym）在著作中用"文化 1—译者—文化 2"表示了翻译文化问题。

这一关系中，译者在两大文化之间活动，他不仅是不同文化的搭桥人，还是文化 1 和文化 2 之间交互文化的滋生者和运作者，这种交互文化就是翻译文化，它既不同于文化 1，又不同于文化 2，但跟两者有千丝万缕的联系。译者翻译活动的产物也就是翻译文化的产物。可以说，跨文化性是翻译的本质属性。

这种翻译文化对于译者产生了深远的影响，同时译者在翻译过程中的斡旋也对翻译文化起到了一定的作用，使翻译文化趋于原语文化或趋于译语文化，或者说在译作中原语文化的元素多些或译语文化的元素多些。原语文化和译语文化的这种千丝万缕的关系我们称为翻译的文化间性语境。这种文化间性语境主要表现在原语文化和译语文化地位的高低、文化影响力的大小以及语境的高低。而无论是文化地位的高低还是影响力的大小，都是译者的认知在发挥作用，是在同其他语境因素交织的基础上译者进行权衡的结果。译者对于文化的不同认同方式在一定程度上决定了译者的翻译策略。

文化间性语境影响译者的文化取向，一个重要体现也是最直接的体现是文化态势问题。王宏印指出："文化态势其实就是交流中的文化双方所处的相对位置和所采取的策略态度。它首先取决于双方的势力和对于自己相对于对方势力的理解。"强势文化必须具有以下几个特点：

（1）历史渊源：历史渊源必须渊源流长，有悠久的历史和丰厚的文化资源，保证了一种文化的气脉生动有力和影响持久深远。

（2）综合实力：在当下的交际和交流过程中显示出强盛的综合国力和持久的影响力。

（3）心理认同：处于交往状态的主体在文化心理上要有明确的认同感和较强的凝聚力，对于自己民族的文化价值和信念系统保有信心，同时也要能够尊重他人的文化价值观和生存方式、思维方式与交际方式。

综合考虑这些因素就能比较客观、明晰地判断文化的强势和弱势地位。

文化间性语境的另一个重要体现就是霍尔的高低语境理论。霍尔高低语境对某些国家进行了划分：高语境文化国家——中国—日本—朝鲜—阿拉伯国家—希腊—拉丁美洲国家—意大利—英国—法国—美国—德国——低语境文化国家。[①]高语境国家语境因素非常重要，交流方式比较含蓄，相对来讲直接用语言交流的信息就少；低语境国家语境所含信息相对较少，语言交流信息多，交流一般遵循直接的原则，喜欢直来直去。霍尔的高低语境理论对于翻译过程中的"隐、显"关系的处理具有很大的指导作用。

（二）主体间性语境

语言运用的本质即对话性，我们同时也应该看到这种对话性并不是现实生活中言者与听者之间即时的面对面的对话，而是一种"隐含对话"，即所谓"主我"与"宾我"之间的对话。在文学翻译中，作者与译者、译者与读者之间的对话也显然属于这种"隐含对话"。原因是在翻译过程中作者和读者往往是不在场的，也往往不具有同一时空关系。

---

①HALL E T. Beyond culture[M]. New York：Doubleday，1976：74–79.

另外，我们也应该注意到，翻译过程中的对话关系决不限于作家—译者—读者的三元关系，还要注意译者的多种发话声型和角色类型（赞助者、委托者）等人为因素，从而使主体间性语境的关系更加复杂。这一点陈历明在其博士论文《翻译：作为复调的对话》中进行了验证。陈历明回顾了贺微从接受美学的立场出发提出的命题"翻译是文本和译者的对话"和罗宾逊（Robinson）提出的"对话"模式。他指出了这两种观点的不足：前者从根本上否定了译者事实上的多重角色，其描写性必然打了不少折扣；后者虽然促进了此前备受遮蔽的译者的理性的对话关系，强调了文学翻译的创造性，但由于过于突出译者的主体性，赋予其几近无限的裁定权，难免又矫枉过正了。文学翻译语境化探索注重译者语境化过程中的主动性和受动性，对文学翻译进行的是动态的描述。另外，虚拟文本内部还存在着虚拟人物之间的主体间性语境问题。

（三）文本间性语境（文学互文语境）

源语文本在源语语言和文化系统中体现其互文关系，而译本一旦出版，成为读者阅读的对象后也会在译语的语言和文化系统内体现其互文关系。作为译者，是否占有原文的互文语境资源对于阐释文本具有重要意义，而更为重要的是，译者在识别原文的互文关联之后，如何在译文中体现这种互文关联。换言之，原文的互文关联到底有多少可以在译语文本中得到体现。我们更为关心的是源语文本和译语文本之间的互文关系，即在何种程度上译文是原文的仿拟。

文学翻译涉及多维语境要素，似乎也是烦琐复杂。但是，文学翻译的语境是在跨文化交际过程中生成的，因而翻译语境也在不同方面受到限制。虽然原则上翻译过程中的每一个可能要素都可以作为一个与翻译语境相关的要素出现，并被译者考虑，但是并非在每一种场合这些要素都以相关因素的身份调动起来。换句话说，在范围几乎是无限的种种可能性中，翻译语境是译者在翻译过程中动态创造出来的，是"译者"与"客观外在"（或被认为是客观存在）的现实相联系的互动过程中创造出来的。这样说来，相关的翻译语境是有边界的，即使这些边界不稳定，还具有永久的协商性。换言之，只有进入译者的认知视域，被译者激活的语境要素才对翻译产生作用。译者始终处于多维语境要素的动态张力中，体现其主体性和受动性的统一。

　　然而，在作者中心论的翻译范式下，译者作为创造者的主体地位被边缘化了，其主体性被以自我意识为中心的作者主体性淹没得无影无踪。而文本中心论则把主体降低为纯粹偶然的东西，突出了原文文本的中心性，认为原文有客观的唯一的意义，人们只要遵循语言规律，人人都可以把一种语言所表达的内容用另一种语言表达出来，从而忽视了人的主观创造性。也就是说，在文本中心论下，译者的主体性丧失，成为"忠实的奴仆"。研究的焦点对准客体，翻译的主体则被排除在外。而在译者中心论下，译者的主体性得到了张扬，译者以叛逆者、征服者、改写者的姿态位于中心位置，文本"被放逐到边缘"，原文作者"被判了死刑"，传统的、忠实的、等值的翻译标准在后现代语境下都成了碎片。这种极端思想是应该避免的，在强调译者主体地位的同时，应避免在这一理论指导下走向另一个极端，即译者以创造之名，实行背叛之实，脱离原文，随心所欲，任意翻译。为了避免以上"中心论"的偏颇，我们进行的是以译者为中心的文学翻译语境化探索。以译者进行语境化的视角切入，对翻译过程进行描写和解释，强调了翻译由人进行，为人而作。在翻译过程中，译者享有动态的自主性，但同时也受到文化大语境和多种主体的动态掣肘。译者的"权力"在多维关系中"此消彼长"。

第三节　英美文学翻译的语境重构

一、译者选择行为的大文化语境

文学翻译作为跨文化的交际行为，其选材与社会文化语境是分不开的。因此，要想对翻译选材进行研究，就必须回到翻译的社会文化语境中。在特定大文化语境中做出的选择必然会影响到翻译策略。

翻译的目的论功能学派认为翻译是一种有目的的行为，翻译的目的对于译什么和怎么译起到很大的影响作用。作为一种有目的的行为，翻译始终是兼有个体性和群体性的行为。正如姜秋霞所言："译者的行为受制于所处的社会文化语境，在一定程度上体现其文化意识，翻译并不是在两种语言的真空中进行的。"①

茅盾在以笔名"郎损"发表的《新文学研究者的责任与努力》中指出："介绍西洋文学的目的，一半是欲介绍他们的文学艺术，一半也为的是介绍世界的现代思想——而且这应是更注意些的目的。……以文学为纯艺术的艺术我们应是不承认的。……所以介绍时的选择是第一应值得注意的。"②从这段话中我们不难看出，文学兼具美学目的和政治目的，而这种目的显然从"择当译之本"就已经开始。

文化派的翻译理论深入研究了社会文化语境对于文学翻译的选择，强调大文化语境对翻译选材的影响，认为许多作品得到翻译并不是由于原作的诗学效果，而是译者出于选择的考虑，这一点不难得到佐证。例如，我国译者在 20 世纪 20—30 年代对于辛克莱（Sinclair）作品的翻译就是很好的例子。辛克莱的作品文学声誉并不是很高，艺术性并不是很强，但是他作品中的革命话语契合了当时中国的革命需求，因此激起了

---

① 孟昭毅，李载道. 中国翻译文学史 [M]. 北京：北京大学出版社，2005：4.
② 郎损. 新文学研究者的责任与努力 [J]. 小说月报，1921，12（2）：2-5.

译者巨大的译介热情，仅郭沫若一人就译介了《石炭王》《煤油》《屠场》三部作品。此外，对《玩偶之家》《牛虻》《钢铁是怎样炼成的》等作品的选择也都打上了大文化语境的烙印，这些作品的译介主要是出于救亡图存的思想目的，诗学上的考虑只能退居其次了。

　　埃文－佐哈（Even-Zohar）认为翻译拟译文本的选择以及翻译策略的取用是由翻译在文学系统中的位置决定的。他说："很明显，选择拟译文本的原则是由对本国多元系统起支配作用的情况决定的，即文本之所以被选择，是因为它们与目标文学的新方法是一致的，也因为它们在目标文学中可能起到的革新作用。"社会大文化语境对于翻译选择所起的作用是自不待言的，任何翻译活动都是在一定的社会文化语境中完成的，社会文化与历史背景对翻译文学的制约和调节是久已存在的事实。从这一角度分析，翻译无疑又是一种具有文化倾向的政治行为。当前社会学、文化学、人类学已经长足发展，对翻译文学的认识就不能只限于语言和文本的范畴，而应该注意到社会文化语境的某些需要。①但是，矫枉不能过正，我们不能就此夸大大文化语境对翻译选择的影响作用而忽视译者出于审美目的进行的个体化选择行为。两者始终是交融在一起的，并非二元对立关系，选择的具体原因往往处于两者之间的"灰色地带"。

二、译者的语境重构

　　文本选定之后，译者便开始了对文本的理解。文本的理解过程就是从文本构建语境并利用语境解读意义的过程。可以说，语境构建和分析的过程就是意义解读的过程，一切意义都取决于译者进行的语境化解读和赋意。译者对于文学文本的理解不同于对实用文本的理解。文学文本具有多义性、不透明性和无限衍义性等特征。文学文本的"不定点""召唤结构"注定不同译者对同一文学文本不会有全然统一的理解。而且，

―――――――――

① 孟昭毅，李载道．中国翻译文学史 [M]．北京：北京大学出版社，2005：5.

文学文本的阅读不同于实用文体的阅读，原因是文学文本的阅读是一种不对称的交流。信息发出者的意图语境消失了，只能在信息载体中留下一些暗示，而且交流不构成反馈，读者无法检验自己对文本的理解和阐释是否恰当正确。文本与读者之间无法建立调解意图的直接语境，这种语境只能靠读者从文本的暗示或意指中去建立。① 也就是说，语境并非是预先给定的，而是在阅读过程中动态构建的。译者根据文本材料寻找语境线索，完成对文本的解读。也正是在这个意义上，与其说译者理解文本不如说译者阐释文本。正如杨宪益所言："若要翻译几百年前的作品，译者就得把自己置身于那一时期，设法体会当时人们所要表达的意思，然后在翻译成英文时，再把自己放在今天的读者的地位，这样才能使读者懂得那时人们的思想。"② 显然，历史语境对于翻译至关重要：只有通过文本构建出历史语境，在历史语境中把握文本的意义才能逼近历史的真实；只有考虑当今的现实语境，站在当今读者的立场上，才能真正在作者和读者之间搭建起理解的桥梁。从阐释原本到赋意译本，译者经历的是双重语境化的过程。在翻译过程中，译者从文本出发，不仅重新构建出历史语境，还从中构建出情景语境，从而使原来静态的文本变成现在动态的图式，真正在译者头脑中形成格式塔的审美整体形象，使文本从静态走向动态，再将动态的形象静化为译语文本。在整个翻译过程中，译者要将整个身心和全部情感都融合到作家笔下的艺术世界里，融合到人物的内心世界里，体验着主人公们最隐秘的、最微妙的思想、情感的脉动，这样就能真切地、深层次地领悟到一般阅读难以领悟到的东西，就能充实与深化对作家、作品的认识与研究。换言之，在翻译过程中，译者从文本出发，致力于与原作者达到心灵的契合，将这种思想和情感的脉动内化，然后将之外化，与读者再度达到心灵的契合。

杨武能（1993）认为"实质上，文学翻译不妨称为判断和选择的艺

---

① 金元浦 . 接受反应文论 [M]. 济南：山东教育出版社，1998：163.
② 王宏印 . 文学翻译批评论稿 [M]. 上海：上海外语教育出版社，2006.

术。在理解阶段，译家必须努力克服自我，放弃自身的好恶，设身处地地进入原著和原作者的世界——精神和艺术世界，像演员一样进入角色，但不仅仅是进入书中某一人物的角色，而是要变成原作者，成为他精神的化身。在理想的情况下，译家应该把原作者的创作思路重复一遍，但这实际上是不可能的，因为他们之间横亘着时代、民族、文化以及个人经历等方面的种种差异，没法完全逾越和消除"①。杨武能所说的"把原作者的创作思路重复一遍"与"语境还原"类似，他意识到了这种"还原"的不可能性。所以，在翻译过程中，只能从文本出发，找出语境线索，在阅读中不断重新构建语境。

从以上论述不难看出，文学作品中蕴含着丰富的语境，在翻译文学作品时，译者并不能彻底"还原"语境，而实际上是在欣赏中感受语境、构建语境。构建语境的目的在于确定"意义"。翻译学所讨论的意义主要是"语境意义"，不仅包括词语在特定的语言环境中的意义，还包括由翻译目的、文化特征、接受者等因素所决定的情感及暗含意义。无论意义如何变迁，语境都是确定意义的基本参照。而无论如何界定翻译，意义注定与翻译休戚相关，原因是翻译中的意义转换是无法回避的。

事实上，意义是翻译研究的核心问题，不了解所译文本的意义，译者必茫然若失。在整个翻译过程中，翻译理论家从始至终关注的都是意义问题，奈达就认为翻译就是翻译"意义"，而一切意义都是译者进行语境化的结晶。翻译的意义存在于翻译语境关系网络。然而，意义从来就不是自足的存在。作者写完作品，意义便固定在作品中，只有读者的阅读活动才能将意义激活。

对此，萨格（Sager）认为有必要从交际理论那里借鉴几个概念，即信息（message）—文件（document）—文本（text）。② 文本只包含内容

---

① 杨武能. 阐释、接受与再创造的循环：文学翻译断想 [J]. 中国翻译，1987（6）：3-6.
②SAGER J C. Text type and translation[M]// TROSBORG A. Text typology and translation. Amsterdam/ Philadelphia：John Benjamins Publishing Company，1997：25.

和形式，作者把自己的意图融入文本中，文本变成了文件。而信息则是作者和读者在实际交际情形中使用的文件。在作家创作的过程中，作家所创作的作品便是以信息形式存在的，但是作家的作品一旦创作完成，作家的意图便固定在文本中，形成文件。但是对于读者来讲，他们所看到的只是文本。当这些文本被译者翻译时，作者的目标读者就发生了改变。译者作为斡旋者，就有可能改变原作者的意图。意图可以通过文本类型、修辞结构、遣词造句来表现，也可以通过文本产生和接受时的语境来表达。原文信息随时空而改变，原作者的意图对于后来的读者而言已经没有什么关联，因此意图的改变也就是自然而然的事情。在翻译过程中，原作者的意图和译文读者的期待很少会完全"融合"，译者所处理的主要是脱离原来完整交际语境的文件，为了更好理解原文，译者只能重构作者意图。

萨格还从信息理论那里借鉴了初始读者（primary readership）和二度读者（secondary readership）的概念。初始读者是作者在创作时的目标读者，除此之外的其他一切读者都属于二度读者。当作者对目标读者期待的预设同目标读者对作者的意图相匹配时，交际有效性达到最佳化。可以说，初始读者接触的是"信息"，而二度读者接触的却是"文本"。

对于译者而言，他们既是初始读者又是二度读者。当他们试图理解原文内容和意图时，所承担的角色是初始读者，而事实上，他们本质上依然是二度读者。所以，译者重构的语境不可能与原作者创作时的语境完全相同。用阐释学的术语解释就是译者视界和原作者视界永远无法完全重合，因为不同的译者会构建出不同的语境，导致解读的意义有异，甚至超出作者的原意。

对于文学文本来说，其意义的显示要靠阅读，意义的最终实现与完成离不开读者。文学文本以其自律的存在脱离了作者原意的控制之后，需要读者借助想象创造一种"想象的语境"，以使文本独特的意义指称、隐喻意义得以显现。在伽达默尔看来，一部文学作品的意义从未被作者意图所涵盖和穷尽，当作品从某一文化历史环境（语境）转到另一文化历史环境（语境）之时，人们可能会从作品中理解出新的意义，这些意义也许从未被作者或同时代的读者预见到。从这段话中我们可以看出，语境空隙会导致新意义的产生，对意义的解读永远难以穷尽，语境的变迁为意义的解读提供了广阔的空间。

我们认为，在翻译过程中，意义是译者构建起来的，而意义的构建离不开对语境的构建。语境是动态的，而意义也是使用中的意义，因而翻译学着力关注的是动态的意义观。在《论述的目的和语境的种类》中理查兹指出，词的意义来自它所处的现实环境，即通常所说的上下文，也来自它被使用的历史背景，这一宽一窄的两种语境规范着词义的产生。他还特别强调，所有的意义都可以追溯到遥远的过去，并且不可分割。而且，在《修辞哲学》中，理查兹断言文学作品中的文字不仅互相作用，还受到一切出现过的上下文和其他因素的制约。这些相互影响的因素是无限的，因此作品中的文字具有无限的复杂性，意义难以确定，可以任人猜测。从理查兹的论述看，他既看到了语境对于语义的制约作用，又注意到了语境的无限性，从而使语义失去制约，似乎有些矛盾。

对此，傅修延（2004）指出，理查兹为历史语境划定的范围太大，一旦将"整个文明史"都纳入视野，文本解读就无疑将让位于漫无边际的词义猜测。所以，理查兹的语境解读看起来主张把握全局，实际上它使读者越过作品的边界，迷失在一个更大的林子里。[①]可见，语境的无限扩大会导致解读的迷失。语境到底包括哪些因素，历来众说纷纭。语言学家也一直想确定一个语境参数清单，以确定哪些语境参数对话语结构产生哪些影响，至今未果。事实上，潜在的语境因素是无穷的，只有在译者解读视域内，对于解读起到影响作用的语境因素才是我们考察的对象。换言之，只有翻译主体也就是译者本人所认知的语境因素才能对他的解读起到作用。

---

① 傅修延 . 文本学：文本主义文论系统研究 [M]. 北京：北京大学出版社，2004：204-205.

第四节　英美文学翻译的语境适应

在翻译文学作品时，译者要对文本进行解读，揣摩作者的意图，理解文本的含义，体会作者的意境。在此基础上，译者要选择特定的语言形式来表达原文所要表达的意义。译者所选择的形式必须能最大程度传达原文的语义和意境。特定的形式表达特定的意义，形式是意义的体现。选择本身就是意义。事实上，译者不仅要最大限度地传达原文的语义和意境，还要最大限度地适应翻译语境。换言之，译者的所有选择都倾向于适应语境。我们所指的语境适应是指对源语语境、译语语境以及间性语境的多维适应。翻译再现过程中的"虚"与"实"、"隐"与"显"、"放"与"收"都倾向于适应语境。翻译意味着选择。翻译的每一步都涉及选择，而译者所做出的选择并非任意的，他的选择要依靠他的脑力以及审美取向。而且，前面的选择会影响到后面的选择，整个选择过程是横组合和纵组合的统一体。翻译是一种跨文化交际，译者是在这一交际过程中做出决定的主体。当然，在特定时期，人们对于翻译的看法也会形成影响译者做出决定的背景变量。译者做出的任何选择都是语境化的选择。

霍姆斯发展了列维（Levy）"翻译就是决策过程"的观点，认为翻译实际上是一个双层面（two plane）的决策过程。在翻译过程中，译者不仅连续做出选择，还根据目标文本的心理图式在结构层面做出选择，因此，翻译必须综合考虑语言、文学传统和社会文化语境。

翻译作为一种特殊的语言使用过程，是译者进行的语境化选择过程。选择具有以下特点：译者的选择发生在多个层面，从选择当译之本到选择文化取向、文本意义及文本再现等各个层面；译者不仅选择语言形式，还选择翻译策略；译者的选择具有不同的意识凸显程度，从无意识到有极强的翻译目的；选择发生在选材、表达、再现等各个阶段；译者没有选择和不选择的自由，一旦开始翻译，译者便会面对各种各样的选择，译者会选择自认为最适合翻译目的的表达手段；可供译者进行选择的手段和策略不是机会均等的，原因是选择会受到认知、社会和文化的制约；译者做出的选择会导致与它相关的其他语言和非语言因素出现变化，也就是说，这种选择贯穿于翻译的全过程，并且各个选择又彼此相连，最先做出的选择为后来的选择创造了某种上下文（语境）。

译者之所以能够做出恰当的选择，是因为译语同源语一样也具有变异性、协商性和适应性：变异性是指译语语言具有一系列可供选择的可能性，以表达源语意义；协商性是指对译语语言的选择不是机械的，也不是按照严格的形式——功能关系，而是根据具有高度灵活性的原则和策略进行的；适应性是指译者能够从译语语言的一系列范围不定的可能性中，进行可协商的语言选择，以便完成跨语言、跨文化的交际。在这三种特性中，变异性和协商性是基础和前提，而适应性则是目的。在翻译实践中，译者综合各种语境要素，接受翻译任务，确定翻译目的。译者在翻译过程中的每一步选择都是围绕翻译目的做出的。当然，翻译目的并非确定在某一个层面，相反，翻译目的往往是多层次、多维度的。因此，译者在翻译过程中的语境适应也是多层次、多维度的，既在文化层面宏观适应，又在主体（间性）层面适应。当然，所有这些适应最终都要通过文本语境（信道）体现出来。

第五节　英美文学翻译语境化过程模式

一、文学翻译过程简图

任何交流都是由说话者发出的信息构成的，交流的终点是受话者。但是信息的传递必须涉及说话者和受话者都能理解的语境，使语境使信息具有意义。交流框架中的语境、代码、接触手段也会产生意义。也就是说，意义存在于全部交流行为之中。意义不是静态的自足存在，而是在交流过程中动态生成的。对于翻译来讲，它是一种特殊的交流形式，翻译的意义也同样存在于全部交流行为之中。作为一种双轮交际过程，翻译的基本模式有以下几种。

（一）原文—译者—译文

上述三元关系被称作"译界公认的、翻译终极的""三元关系流程"。但是在这种模式下，译者把原文转化成译文，忽视了在这之前的作家，特别是还忽视了在这之后阅读译作的读者，因此不能反映翻译操作过程的复杂关系。

（二）原文作者→原作←译者→译作←译作读者

这种模式考虑了原作作者的作用和译文读者的作用，是一大改进。原文作者创作原作；译者阅读原作并创作译文；译作读者阅读译作。但是单向的箭头隔绝了"诸者"之间的联系。实际上，翻译过程不是一种线性的单项关系，而是一种多维对话。

（三）原文作者→原作←译者作为读者←——→译者作为作者→译作
→译作读者

这种模式考虑了原作作者的作用和译文读者的作用，而且凸显了译
者作为原文读者和译文作者的主体作用，但是"诸者"之间依然是一种
线性关系，不能反映出翻译过程中复杂的关系网络。

（四）作家—原著—翻译家—译本—读者

这种模式旨在说明"文学翻译的主体同样是人，即作家、翻译家和
读者；原著和译本都不过是他们之间进行思想和感情交流的工具或载体，
都是他们创造的客体。而在整个的创造性的活动中，翻译家无疑处于中
心的枢纽地位，发挥着最积极的作用。

二、文学翻译过程模式

有人认为翻译的本质特征是交际。但是，翻译过程的起点是什么
呢？一般认为，翻译由对原文的分析开始，然后进行文本转换，进而再
造译语文本。而诺德提出了一种全然不同的观点，其提出的翻译过程模
式是从分析译语语境下的翻译目的开始的。诺德认为语篇是"交际互动
过程"，其模式如图 5-1 所示。

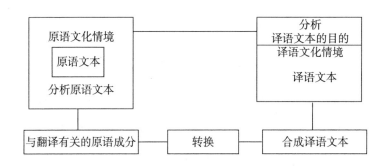

图 5-1 诺德的文学翻译过程模式

诺德的模式是首先分析译语语篇的目的，而目的由翻译的发起人决

定；其次，将源语语篇分析成与翻译有关的源语成分，再经过转换，最后综合成译语语篇。诺德的模式是一个环状结构，突出了翻译过程的反复性，同时强调了翻译的功能和目的，以及发起人和译语读者的要求等方面的因素，使其翻译过程模式具有很强的解释力。但是，诺德似乎忽略了"与翻译有关的译语成分"这一重要步骤，没有这一步，"与翻译有关的源语成分"转换成什么是不清楚的。显然，一个完整的翻译过程是不能忽略翻译动机的。

从翻译史来看，一个译者的翻译动机直接影响着他对原作的态度和翻译策略，不考察翻译动机就无法真切认识翻译过程的本质。李运兴认同翻译过程的起点是翻译动机。他说，如果我们把翻译看作一个交际过程的话，"分析—转换—再造"之类的过程就不完整了，原因是交际是从产生明确的交际动机开始的，没有动机哪有交际活动？也就是说，翻译动机（目的或任务的确定）才是翻译过程的发端，翻译过程作为一种跨文化交际活动应呈现如图 5-2 所示的这样一个过程。

图 5-2　李运兴的文学翻译过程模式

以上翻译过程模式是笼统的翻译过程模式，但是，从翻译动机开始考察翻译过程是我们想借鉴的，毕竟不考虑翻译的动机就不能反映翻译过程的全貌。特别明确地构建文学翻译过程模式的主要有霍姆斯、张今和姜秋霞。

霍姆斯不满足于句子层面的翻译过程模式，认为文学翻译过程应该在序列（serial plane）和结构（structural plane）两个层面上展开：译者一句一句翻译，在此基础上形成对原文的心理图式，以此为基础制造译语文本。在此过程中，涉及 3 个规则层面：衍生规则层面（derivation plane）、等值规则层面（correspondence plane）、投射规则层面（projection plane）。衍生层面决定译者如何从源语文本中抽象出图式文本，投射层面决定译者如何利用译语图式来生成译语文本，等值层面决定译者如何从源语图式形成译语图式，这是翻译的核心部分，其表述如图 5-3 所示。

从霍姆斯的论述来看，他致力于从"对等"的角度对翻译进行描写，强调了译者在"对等层面"的特别作用。霍姆斯还强调了翻译过程中的语言语境、文学互文语境和文化语境对于翻译的作用，但是并没有描写翻译过程中文化语境造成的不对等现象。另外，霍姆斯的模式也显然只是描述了翻译过程中的"理解"和"表达"阶段，没有反映出翻译过程的反复性特征，是一种单向的描述。所以，文学翻译语境化过程模式要解决这些问题。

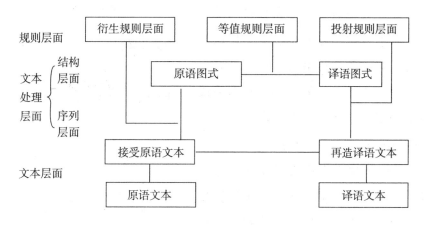

图 5-3 霍姆斯的文学翻译过程模式

三、文学翻译语境化过程处理模式

在翻译过程中，一般有两种翻译模式，即自下而上式（bottom-up）

和自上而下式（top-down）。自下而上式从表层结构开始，一般一句一句来翻，甚至有时字对字地翻译，之后再去注意其文体规范和语用问题。但是，这样翻译有不少弊端。

（1）倾向于紧贴原文结构，导致了一些语言问题。

（2）翻译只被看作是一种语码转换行为。

（3）重视小的语言单位，但是忽视了交际情境中的语篇。

（4）决定往往是根据直觉做出的，缺少对主体间性关系的考虑。

（5）有的在低级语言单位做出的决定到了高级语言单位时必须加以修改。

（6）低级语言层次上的"不可译性"导致翻译受阻。

在此基础上，诺德提出了自上而下的翻译方法：首先，考虑语用层次，即考虑翻译的意向或指定功能；其次，确定原文中的哪些功能予以再造，哪些需要按照受话人的背景知识、期待、交际需求、媒体限制以及指示需要予以改变；再次，根据选择的翻译类型确定译本在翻译规约和文体风格方面应该遵循源语文化还是译语文化的规约；最后，在此基础上考虑语言系统之间的区别，根据语境做出决定，再加上译者的取向，确定翻译的决策，如图5-4所示。

从语用层次考虑有利于对翻译形成一个全局的把握。在实际翻译操作过程中，译者能够将整个语篇纳入自己的视阈，根据关联原则进行取舍，对语篇进行宏观把握，这是自上而下的；在具体操作时，则是从最小的语言单位做起（词、词组、小句、句、

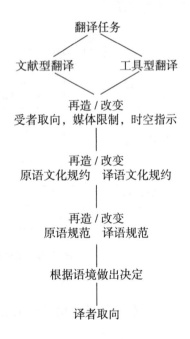

图5-4 诺德的自上而下处理模式

句群、语篇），这是自下而上的。源语文本和译语文本语言单位往往并不一一对应，而且即使是对应的成分也要根据语境进行符合语域的调变。从图式理论来看，图式理解过程不仅仅是译者运用词、语法等知识对语言文字进行编码、建立意义的"自下而上"过程，也不仅仅是译者运用自己的生活经验、背景知识和译者与原文作者交互信息去推测和提取原文信息的"自上而下"的过程。原作信息的不断输入导致了两种过程的交替反应，使译者的推测、验证或修正不断循环，使输入信息与译者头脑中的背景知识形成动态的相互作用，直至最后完成了对原作文章意义的了解。

赵彦春和彭建武都强调了翻译过程不是单一模式的运作，而是两种模式的共同作用。我们从语境化的视角出发，认为翻译全过程不仅是"自上而下"和"自下而上"两种模式的交替反应，还是两种模式的交融，即交互模式。

从之前我们对翻译语境化的论述可以看出，语境分为 3 个层次：翻译主体（间性）语境层次、文化（间性）语境层次、文本语境层次（包括源语文本语境层次、译语文本语境层次及文本间性语境层次）。这几种语境层次并非独立的，而是交织在一起，只是为了论述方便才不得已进行划分。在翻译过程中，作为翻译主体的译者总是带着一定的翻译动机进行语境化解读的。其解读的最重要的信息源是源语文本，在解读的过程中译者构建出上下文语境，并利用其解读源语文本的意义。源语文本的意义并非一览无余，而是具有召唤结构，必定要求译者的认知语境的填充律。源语文本的文化专有项及其反映出来的大文化等问题必然涉及大文化语境层次。在译者解读过程中译者源本也必然导致文学翻译中的互文语境干涉。译者释本和译者滤本反映了翻译过程中译者的主体干涉，而"他者"滤本又折射出翻译过程中的复杂的翻译主体间性语境。所以，在实际的翻译过程中，语境要素是你中有我、我中有你的，表现出强大的张力。由此可以看出，翻译过程注定不会是纯粹的"自下而上"式，也不会是纯粹的"自上而下"式，而是一种交互式（interactive），是"自下而上"式和"自上而下"式的"化合物"。因此，我们所要构建的文学翻译语境化过程模式是一种交互模式。

第六章　美学维度下的英美文学翻译研究

　　文学翻译要通过译语再现出原作的语言艺术，文学翻译也是语言（译语）的艺术。在文学翻译中，原作是作家语言艺术创造活动的产物，译者要把握和再现原作的语言艺术价值，需要深入了解作家的语言艺术创造活动。文学创作包含三个阶段：首先，作家体验生活，积累创作素材；其次，对这些素材进行艺术加工和提炼，在头脑中构思出审美意象；最后，将审美意象通过语言文字符号表现出来。本章就从美学的角度分析英美文学翻译。

第一节　英美文学翻译中主体与客体的审美范畴

一、主体审美范畴

译者主体是翻译美学研究的重点。随着翻译事业的不断发展，译界对译者主体地位的研究越来越重视。罗新璋认为成功的译作往往是译者"翻译才能得到辉煌发挥的结果"，译论应多研究"如何拓展译者的创造天地，于局限中掌握自由"。杨武能认为译界重视探讨翻译的性质、原理、功用、标准、方法、技巧，对译者主体往往只讨论其学养、译才、译德，绝少讨论其个性气质和心理禀赋。贾正传认为翻译是一种"语言转换性、艺术再造性为核心并兼具信息传递性、审美交际性、社会交往性、文化交流性等多重性质的复杂的人类活动系统"[①]。文学翻译研究离不开对人（译者主体）的研究。蔡新乐在《翻译的本体论研究》中认为译者是元翻译构成，翻译研究必须以译者为中心，其目的是"恢复一种生存方式"，翻译研究应既坚持理性的反思精神，以求"思想的逻辑性与研究对象所形成的现实相符合"，又不忽略翻译学的人文价值，突出"人的实践活动的创造性以及人自身对自由的追求与无限神往的要义"，除艺术论和科学论之外，翻译研究还有本体论研究，对"'存在'中的人与翻译的关系问题形而上的理论反思以及人在'翻译'之中的存在表现等理论问题的探讨"。[②]译者主体研究也是一种学问：一方面，作家通过塑

---

① 贾正传.融合与超越：走向翻译辩证系统论 [M].上海：上海译文出版社，2008：4.
② 蔡新乐.翻译的本体论研究 [M].上海：上海译文出版社，2005：1-4.

造人物形象揭示人性本质,译者要力求再现这种人性本质;另一方面,作家展现了自我人格,译者要力求再现作家人格。傅雷认为艺术家"兼有独特的个性和人间性,我们只要发挥出自己心中的人间性,就找到了与艺术家沟通的桥梁。若再细心地揣摩,把他独特的个性也体味出来,那就能把一件艺术品整个地了解"①。方梦之认为人的共性是译者理解作者"通过原著表现的个性并将其表达于译文"的基础,而人的独特性是"不脱离于人的共同性的独特心理特征及精神风貌",表现为"能力、气质、性格、信念、理想和世界观"等,它是翻译的难点。②译者倾向于选择与自己个性相近的作家作为翻译对象,但他与作者往往处于不同的时代和历史文化环境,译者必须跨越这种时空和文化距离。刘宓庆在《翻译美学基本理论构想》中认为译者要克服与原作创作时代、作者的生活地域、民族文化、心理素质等因素之间的差距,需要移情感受,与作者"同声相应,同气相求",并"为审美的加工、再现创造条件"。③

译者主体范畴研究的重点是审美心理机制,它包括审美感知、情感、想象、认识、判断、意志、趣味、理想。在文学翻译中译者发挥审美心理机制去阐释原作,把握其艺术价值,然后通过译语将其再现出来,最后译语读者发挥审美心理机制去鉴赏译作,把握其艺术价值,这是一个"源语符号→审美意象→译语符号→审美意象"的过程。译者作为有思想情感的生命个体充分发挥主观能动性,对原作进行审美感知,投入真挚深沉的情感去体会其言外之意、韵外之旨,与作者、原作人物进行深刻的移情体验,达到心灵契合。译者发挥想象和联想,在头脑中将原作语言符号内化为生动的画面,进入原作深层意境,把握作者的生命体验和人生感悟,通过译语传达出来。译者头脑始终处于高负荷的运转中,这是一种极其复杂的思维、心理、情感和语言活动,融合了审美感受与理

---

① 方梦之.翻译新论和实践 [M].青岛:青岛出版社,2002:101.

② 同上。

③ 许钧.翻译思考录 [M].武汉:湖北教育出版社,1998:518.

性思考，译者要传达原作的审美体验，更要揭示其深层人生哲理，这需要译者的形象思维、理性思维、语言（源语、译语）逻辑思维。

译者审美心理机制研究的重点是思维机制和审美体验。译者思维机制有其基本规律和民族特色。一方面，思维是人类共有的心理机制，各民族都有逻辑推理、形象思维等基本思维形态；另一方面，主体思维又受本民族文化的深刻影响，反映了本民族的思维特征。中国译学受传统文化的影响，对译者思维机制研究长期停留在主观感悟和体验的层次上，零散而不系统，没有深入译者的内在思维机制，因此有必要多借鉴西方审美心理学的研究成果。杨自俭认为翻译学应研究译者的抽象思维、形象思维和灵感思维，关注译者大脑"有意识有目的的思维活动规律"，以译者形象思维为突破口。译者审美体验以作家审美体验为基础，包含三个条件：一是译者具有审美心理机制；二是原作具有潜在的审美价值；三是译者发挥审美心理机制去把握和再现原作审美价值。刘华文在《汉诗英译的主体审美论》中认为原文是译者的审美观照物，它在审美客体和审美对象之间游移，其"游移换位的距离远近决定着翻译的创造性空间的大小"，译者要把原作的客体性特征转化为对象性特征，再现原作的审美价值。①

不少学者在译者思维和审美体验方面做了有益探索。刘宓庆的《翻译美学基本理论构想》《翻译美学导论》探讨了翻译主体与客体的互动关系、主体审美体验的一般规律、审美再现手段和标准；张今的《文学翻译原理》讨论了译者外语思维与母语思维、逻辑思维与形象思维、感知原作语言与感知原作意境、译者审美经验与作家审美经验的统一等问题；方梦之在《翻译新论与实践》中从心理学、思维科学、语言学、社会符号学的角度论述了译者心理活动系统，心理定式，思维的共性、个性、结构、种类和方式，译者情感、意向（态度和目标）、认识（高级和初级）等问题；吴志杰在《中国传统译论专题研究》中探讨了译者思

---

① 刘华文. 汉诗英译的主体审美论 [M]. 上海：上海外语教育出版社，2005：121-125.

维的本源性、体悟性和情感性特征；姜秋霞在《心理同构与美的共识——兼谈文学作品复译》中运用完形理论对译者审美认知心理过程做了分析，认为文学作品是"客观社会生活的影像"与作者"主观心灵世界的表现"这两方面要素按照美的规律进行综合的产物，是具有美的特质的完形结构。她认为文学翻译是艺术地再现原作，更是再现原作的艺术，即译者对原作进行"美学意义的高度鉴赏"，通过译语再现其艺术价值，这是一种心理双向建构：一方面，译者要用自身认知模式同化客体，更要顺应作者认知模式和心理，受其牵引与制约，实现与作者心理认知图式的同构（构造与作者尽可能相近的心理认知图式），不能为迎合译文读者审美心理而创作出有悖作者审美心理的译文，这是内化；另一方面，译者对"新的审美心理图式下形成的审美意象"进行译语再现，这是外化。①

二、客体审美范畴

文学译作是译者通过译语再现原作艺术价值的产物。文学语言是一种诗意言说，具有审美化、自由化、诗性化、哲理化等特点，文学翻译就是要再现原作诗意言说的这些特点。就审美化而言，译者通过译语的审美符号传达原作的音美、形美和意美，再现其韵味美、意象美、意境美、哲理美，这就是林语堂、许渊冲的美译观。加切奇拉泽认为文学翻译标准应是"译文的艺术性与原作的艺术性相符"，巴金认为"流畅或漂亮的原文应该译成流畅或漂亮的中文。一部文学作品译出来也应该是一部文学作品"。诗歌翻译应以诗译诗，成仿吾认为译诗"虽也是把一种文字译成第二种文字的工作，然而因为所译的是诗——一个整个的诗，所以这工作的紧要处便是译出来的结果也应当是诗"。

就自由化而言，文学翻译是以原作为前提和基础的再创作，其自由

---

① 张柏然，许钧. 译学论集 [M]. 南京：译林出版社，1997：220.

度受到一定约束，译者要在有限的自由度内充分发挥自身语言才能，通过译语表达这种审美体验获得一种自由的体验和精神满足。别林斯基认为每一国语言都有其"特有的表达法、特点和性质"，为了"正确地表达某一形象或句子，有时就需要在译文中完全把它们加以改动。相应的一个形象也和相应的句子一样，不一定在于字眼的表面上的一致：应该使译文语句的内在活力符合于原著语言的内在活力"。郑振铎认为译者应"忠实地在可能的范围以内，把原文的风格与态度极力地重新表现在译文里：如果有移植的不可能的地方，则宜牺牲这个风格与态度的摹拟，而保存原文的意思"。译者"贵在得其中道，忠实而不失其流利，流利而不流于放纵"，对原作的变通"应该绝对地谨慎地使用，并且应该绝对地少用"。①

就诗性化而言，译者通过译语的审美符号传达作家的诗意生命体验，再现原作艺术价值。许渊冲所说的美化之艺术就是诗化之艺术，即刘华文所说的抬升原文诗意、于德英所说的诗意跨越时空之旅。刘士聪所说的"作者的精神气质和所描写的素材在文字内外散发出来的美的光芒"就是作品的诗意。文学翻译就是要再现原作的这种"光芒"。就哲理化而言，文学翻译的最高层面是再现原作意境及其诗性哲理内涵。中国美学意境包含表层物境（意象画面）、中间层情境（情与景的融合）和深层意境（诗意哲理），译者要通过译语传达原作意境的深层诗意哲理。在微观层面，文学翻译要再现原作语言形象化、情感化、风格化、结构化的特点。就形象化而言，文学语言以"象"（意象、形象）表意传情，"象"与"言"是互存共生的审美范畴，它们都是抒情言志的工具。"象"主要包括宇宙天地之象和社会人文之象，中国美学侧重意象（意境），西方美学强调典型化的形象。译者力求通过译语再现原作意象（形象）所呈现的艺术场景。卡什金（Kashkin）主张译者要再现"赋予原作文字以生命的客观现实"，译者要看到和感觉到"原作语言文字背后的现象、

---

① 陈福康. 中国译学理论史稿[M]. 上海：上海外语教育出版社，1992：230.

思想、事物、行为和状况"（艺术现实），将其忠实、完整、客观地再现出来。加切奇拉泽认为文学翻译是译者按照自我世界观"反映自己选择的作为形式和内容统一的作品中的艺术真实"，译者要"反映原作的形式和内容中一切特殊和典型的东西，再现原作形式和内容的统一"。

文学作品是一个有机的语言结构，作家通过语言刻画一组意象，用从属意象烘托中心意象，通过有限意象去表现无限的象外之象、象外之境及其所传达的幽微缥缈的艺术氛围。作家在作品意象画面中留下空白，给读者留出想象的空间和回味的余地，去填补这些空白。译者必须深入分析原作字、词、句、段之间的有机联系，把握各意象之间、局部意象与中心意象之间的内在联系，领悟作品整体意蕴，通过译语传达给译语读者。费道罗夫强调翻译的整体观，认为译者"把一切要素加在一起是得不到整体的"，他需要"有意识地牺牲一些东西"，才能"把原文作为一个整体复制出来"，"个别不起作用的要素的丧失在整体中是察觉不出来的，它似乎融化在整体中，或者为原文中形式上所没有的其他要素所代替了"。

第二节　英美文学翻译中的意象美

文学创作的核心是塑造艺术形象。作家体验生活，在头脑中积累起对生活的感性印象，然后对其进行艺术加工，使其升华为审美意象，最后把构思好的审美意象"外化"为一种语言文字符号，整个过程可表示为"感性印象→审美意象→语言文字符号"。文学作品就是由作家所要表现的审美意象（画面）、所要传达的思想感情、用来表现作品审美意象（画面）和思想感情的语言文字符号所组成的有机整体。钱锺书在《谈艺录》中谈到了文学作品（尤其诗歌）声、象、意的关系："诗者，艺之取资于文字者也。文字有声，诗得之为调为律；文字有义，诗得之以佽色揣称者，为象为藻，以写心宣志者，为意为情。"在文学翻译中译者直接面对的审美客体是原著的语言，译者运用形象思维，在头脑中将原作的语言文字符号"内化"为审美意象（画面），最后通过译语文字符号将其"外化"出来。①

文学作品的语言文字符号既能表现审美意象，其本身的排列组合形式又能带给读者一种视觉美。辜正坤在《中西诗比较鉴赏与翻译理论》中认为文学作品（尤其是诗歌）具有"视象美"，它包含"内视象"即"语意视象"和"外视象"即"语形视象"。文学作品的"语形视象"表现的是视觉美，而"语意视象"不仅包括视觉美，还包括听觉美、嗅觉美、触觉美、味觉美。②译者把握原作语言的"语形视象"和"语意视象"都需要敏锐的审美感知，但欣赏"语形视象"需要的是一种外在的直接的审美感知即审美视觉，而"语意视象"所表现的审美意象和艺术画面只是潜在于原作的语言文字符号中，因此译者必须充分发挥审美想象和联想，在头脑中将原作的语言文字转换成生动逼真的艺术画面。德国诗人歌德指出"绘画是将形象置于眼前，而诗则将形象置于想象力之前"，德国文艺理论家莱辛（Lessing）认为诗人"要我们想象，仿佛我们亲身经历了他所描绘的事物之实在的可触觉的情景，同时要使我们完全忘记在这里所用的媒介——文字"。③

译者欣赏原作语言的意象美，依靠的是一种"内在感官"（包括"内在"视觉、听觉、触觉、嗅觉、味觉），它不同于欣赏绘画和音乐所需要的外在感官。对译者来说，"内在视觉"尤为重要，视觉是人的第一感官，达·芬奇称其为"最高贵的感官"，原因是"被称为心灵之窗的眼睛，乃是心灵的要道，心灵依靠它才得以最广泛最宏伟地考察大自然的

---

① 龚光明.翻译思维学 [M].上海：上海社会科学院出版社，2004：226.
② 辜正坤.中西诗比较鉴赏与翻译理论 [M].北京：清华大学出版社，2003：5.
③ 马奇.中西美学思想比较研究 [M].北京：中国人民大学出版社，1994：144.

无穷作品"。译者的"内在视觉"就是一种审美想象和联想，夏夫兹博里（Shaftesbury）最早提出"内在的眼睛"的概念，普罗丁（Plotinos）认为只有"内心视觉"才能"观照那伟大的美"，歌德指出"内在视觉"比外部视觉更为重要。

下面以爱尔兰诗人叶芝（Yeats）的 *The Wild Swan at Coole* 和刘守兰的译文《库尔的野天鹅》为例进行分析。

The Wild Swan at Coole

The trees are in their autumn beauty,

The woodland path are dry,

Under the October twilight the water

Mirrors a still sky;

Upon the brimming among the stones

Are nine-and-fifty swans.

The nineteenth autumn has come upon me.

Since I first made my count;

I saw, before I had well finished,

All suddenly mount

And scatter wheeling in great broken rings

Upon their clamorous wings.

I have looked upon those brilliant creatures,

And now my heart is sore.

All's changed since I hearing at twilight,

The first time on this shore,

The bell-beat of their wings above my head,

Trod with a lighter tread.

Unwearied still, lover by lover,

They paddle in the cold

Companionable streams or climb the air;

Their hearts have not grown old;

Passion or conquest, wander where they will,

Attend upon them still.

But now they drift on the still water,

Mysterious, beautiful;

Among what rushes will they build,

By what lake's edge or pool

Delight men's eyes when I awoke some day

To find they have flown away?

库尔的野天鹅

树木披上绚烂的秋装，

林中的小径晒得干爽。

十月的微曦朦胧，

一片静空铺水中。

一湖秋水，满池卵石，

五十九只天鹅在悠游。

自我第一次来此数天鹅，

十九个秋天已悄然逝过。

正当我数着，我看见，

天鹅突然成群冲向蓝天

然后散开，绕着残缺的围圆飞行，

喧闹地扑棱着翅膀。

看着这灿烂的生灵，

我感到痛苦忧伤。

沧桑巨变，自从我乘着日色苍茫

在湖畔第一次听到，

它们在我头顶盘旋时钟摆似的飞翔，

那时我的步伐多么轻盈。

他们比翼双飞，永不厌倦，

时而荡桨于多情的湖面，

时而双翮凌空，一举千里，

活力永不衰减。

不论游往何地，激情和志向

将伴随它们，日久天长。

如今，它们悠游于幽静的水面，

神秘而又美妍。

它们将沿着怎样的湖边，

在怎样的蒲苇中筑起家园，

让人们把喜悦写入眼帘，

当某天早晨我突然起身，

发现它们早已杳无踪痕？

　　"天鹅"是叶芝诗歌中的一个重要意象，富于象征意味。诗人在青年时代曾追求毛德岗，但终未成功。爱情的挫折让诗人郁郁寡欢，他来到格雷戈里夫人的库尔庄园，在恬静的生活中心灵得到了抚慰。刘宇兰的译文"一片静空铺水中／一湖秋水，满池卵石／五十九只天鹅在悠游""如今，它们悠游于幽静的水面／神秘而又美妍"中的"静空""悠游""幽静"生动地再现了库尔庄园安宁静谧的环境和天鹅们悠闲自得的神情。"天鹅突然成群冲向蓝天／然后散开，绕着残缺的围圆飞行／喧闹地扑棱着翅膀""他们比翼双飞，永不厌倦／时而荡桨于多情的湖面，／时而双翮凌空，一举千里"中"冲向""散开""绕着""飞行""扑棱""比翼双飞""荡桨""凌空"等动词惟妙惟肖地再现了天鹅矫健的英姿和蓬勃的活力。原诗巧妙运用清辅音 [s]，如 still、sky、suddenly、scatter、passion、

144

conquest、mysterious 等词，传达了一种舒缓悠闲、略带伤感的情感氛围。still/sky, wander/where/will 构成头韵，富于音美，译文则运用叠韵（"绚烂""灿烂""沧桑""苍茫""盘旋""轻盈""厌倦""荡桨""眼帘"）、双声（"悠游"），传达了原诗的音美。四字语和成语"一湖秋水""满池卵石""比翼双飞""双翩凌空""一举千里""日久天长""杳无踪痕"增强了译诗语言的文采。"一湖秋水 / 满池卵石""比翼双飞 / 永不厌倦""双翩凌空 / 一举千里"形成排比，富于节奏感。原诗 lover by lover 让人联想起中国唐朝著名诗人白居易的《长恨歌》中的一段千古绝唱："在天愿作比翼鸟 / 在地愿为连理枝 / 天长地久有时尽 / 此恨绵绵无绝期。"刘宇兰用"比翼双飞 / 永不厌倦"生动地传达了 lover by lover 所蕴含的意境，富于感染力。

第三节　英美文学翻译中的情感美

文学创作是一种深刻的情感体验，文学作品是作家情感体验和语言表达活动的产物，其语言富于情感美。在文学翻译中译者先要通过情感体验来把握原作语言所表现的审美意象、艺术场景和思想情感内涵，然后运用译语将其再现和传达出来，译者的审美体验的核心是情感体验。胡经之在《文艺美学》中指出，文学欣赏是一种综合性审美心理活动，需要读者"全部心理因素的总体投入"，它"并非仅仅是单纯的想象，或仅仅是情感、知觉在起作用，而是一种所有心理因素都完全激活，都参与其中的生命活动。艺术欣赏中那种对存在真理的感悟和敞亮使人见其所不能见，感其所不能感，在心驰神往、激情充盈之时，顿时领悟作品的意义。这种艺术体验不涉理路，也不违理路；不落言筌，也不离言筌；虽不可凑泊，也并非不可捉摸。这种全部心理因素的总体投入使人的生命力获得了诗意的

光辉"。译者要对原作进行情感体验，把握和再现其语言的情感美，先要
了解作家的情感体验。作家的情感体验贯穿文学创作活动的三个环节：生
活体验、艺术构思、语言表达。作家体验生活时把对生活的种种印象储存
在头脑中，同时对自己的所见所闻深入反思，力求把握生活的真谛，这是
一个积累表象和思想的过程。作家的生活体验还包括情感积累，作家不是
一个超脱于外的旁观者，而是投入自己深沉真挚的感情去感受生活中那些
打动心灵的东西。胡经之在《文艺美学》中谈到，在文学创作中作者首先
"对审美对象产生积极的审美注意"，其次在这种"虚静""凝神"的状态
中"虚心澄怀"，对审美对象作"精细入微、独到殊相的审美观照"最后
在"凝神之瞬间，主体对客体的外在形式（色、线、形、音）产生了直觉
的审美愉悦，勃然而起一种兴发感动之情。这种感物起兴的兴发激荡使主
体迅速进入一种激情之中"。①

　　作家只有能够被生活所感动，才可能塑造出使读者感动的艺术形象，
创作出富于艺术感染力的作品来。作家的审美情感积累到一定程度，就
会形成一股强大的力量，在作家内心深处激起一种强烈的难以遏制的创
作欲望和冲动，推动作家去构思艺术形象，来表达自己对生活的深切感
受。作家从储存在头脑里的生活印象中挑选出那些特别让他感动的表象，
对其进行情感再体验，真挚炽热的情感会激发审美想象和联想，对生活
印象进行艺术变形，使其升华为审美意象，作家头脑中的生活表象只是
审美意象的"胚胎"，作家将自己深沉真挚的情感注入其中，将其孕育
成一个成熟的审美意象，构思出一幅生动优美、情景交融的艺术画面。
作家所描绘的"景"是其心中之"景"，是其思想情感的结晶，融合了
意象美和情趣美。吴建民在《中国古代诗学原理》中谈到，艺术构思"以
铸造生动活泼、充满生命情韵的审美意象为根本目的，诗人通过构思，
将勃勃跃动的情感情绪、生命精神注入对应的艺术表象之中，从而使主

---

① 胡经之.文艺美学[M].北京：北京大学出版社，1999：381.

体生命精神对象化，由此而创构出体现着诗人生命精神的审美意象"①。周仪在《翻译与批评》中认为，情趣是"构成风格的首要因素，而在以情和想象为主要特征的诗歌里显得尤为突出"②。情趣是"风格的灵魂，是艺术的中心。情的表现是艺术效果的来源，没有情趣美，就不会使人动心，便没有了风格。情趣是审美主体对审美对象的能动的创造情感在作品中的反映，诗歌中所表现出来的则最为丰富和显著，诗人是一种特别富有审美情感的人"。李咏吟在《诗学解释学》中认为文学语言是一种诗性的抒情语言，作家的体验是一种意象思维或象征思维，它离不开"新异、独创、鲜明、灿烂、惊人的意象，离不开关于意象的象征性情感。意象与情感构成一种亲密关联"③。

在文学创作中，作家深沉真挚的情感是决定作品拥有强大艺术感染力的关键因素。④文学作品的诗意就是托尔斯泰所说的艺术感染力，它能带给读者一种"富有哲理之情的审美快感"，它是"真和善的统一，是"可以感觉的思想和具有深邃思想的情感"。胡经之在《文艺美学》中指出艺术真实包括三个层面："审美主体的真实（作家主体审美体验和评价的真实）；审美主客体所形成的审美关系物态形式——艺术作品的真实；艺术欣赏者二度体验的再创造的真实。"⑤其中，"作家主体审美体验和评价的真实"是艺术真实的核心和关键，它是"作品真实和作品人物形象真实的条件……作家审美体验的真实和真切程度直接影响整个艺术过程……"⑥

在语言表达阶段，作家把构思成熟的审美意象"外化"为语言文字符号，赋予其强烈的情感色彩，用饱含深情的语言去打动读者的心灵。托尔斯泰所说的作品艺术感染力的条件之一，即"这种感情的传达有多

---

① 吴建民.中国古代诗学原理 [M].北京：人民文学出版社，2001：73.

② 周仪.翻译与批评 [M].武汉：湖北教育出版社，1999：49-50.

③ 李咏吟.诗学解释学 [M].上海：上海人民出版社，2003：101.

④ 叶纪彬.艺术创作规律论 [M].长春：东北师范大学出版社，1987：62.

⑤ 胡经之.文艺美学 [M].北京：北京大学出版社，1999：44.

⑥ 同上。

么清晰"，就是指作家要用准确清晰的语言将作品的艺术感染力传达给读者。

与作家情感体验的三个过程相对应，文学作品的意境包含了三个层面：物境、情境、意境。作家体验生活，感受大自然和人类社会生活，作家想要表现的生活景象构成作品的"物境"。在艺术构思中，作家对大自然和人类社会生活进行情感再体验，力求表现一种主观情绪化的艺术场景即"情境"，它是作家思想情感与审美对象相互交融的产物。在表现"物境""情境"的基础上，作家对大自然和人类社会进行深刻的生命体验，这种生命体验构成了作品的深层"意境"。与作家情感体验的三个过程，原作意境的三个层面相对应，译者的情感体验也包含三个层面，它贯穿了文学翻译活动的整个过程。

文学翻译最根本的任务就是译"情"，或者叫作"情感移植"，译者首先要"化为我有"，对原作"反复阅读与体验，化他人作品之实为我体验之虚——思想、情感、气氛、情调，也就是克服译者与作者、译者与作品之间的时空差、智能差、风格差以及情感差。进行移情感受是个复杂、反复的过程，绝不可能读一遍原文就能完成。译者投入真挚深沉的情感，深刻感受作家（原作人物）的情怀，触摸其灵魂，分享其快乐，分担其愁苦，达到精神的契合。郭沫若翻译雪莱（Shelley）的诗歌时就深有感受："译雪莱的诗，是要使我成为雪莱，是要使雪莱成为我自己。译诗不是鹦鹉学话，不是沐猴而冠。男女结婚是要先有恋爱，先有共鸣，先有心声，先有心声的交感。我爱雪莱，我能感听到他的心声，我能和他共鸣，我和他结婚了——我和他合而为一了。他的诗便如像我自己的诗。我译他的诗，便如像我自己在创作的一样。"翁显良在《译诗管见》中谈道："诗言志，赋诗言己之志；译诗则言人之志，这就要求以作者之心为心。而要以作者之心为心，不能不知人论世。"通过移情体验译者对作家（作品人物）做出审美评价，形成自己的情感态度，"译诗固然要做他人的梦，咏他人的怀，但在一定程度上也要做自己的梦，咏自己的怀。

不做他人的梦，不咏他人的怀，随心所欲，无中生有，实行作者未必然，译者未必不然，就不能称为译；不做自己的梦，不咏自己的怀，无所感悟，言不由衷，就不能成为诗；译诗而不成诗，恐怕也难以称为译"①。强烈的情感体验会激活译者的审美想象，在其头脑中唤起原作所描绘的艺术画面和场景。当这些意象和画面从模糊朦胧变得清晰逼真，从单调变得丰富有趣，从零散变得完整有序，译者的内心深处就会产生一种无法抑制的强烈愿望和冲动，想把自己对原作的深刻认识和真切感受用译语表达出来。王彬彬在《翻译是一种相遇》中认为，翻译是译者的一种"内在需要"，尤其在文学翻译中译者"只有在一种'翻译冲动'的驱使下，才能译得有情致，有韵味，才能将原作的精神最大限度地传达出来。只有在一种'翻译冲动'的驱使下，才能使译作带有译者的体温，而一部感觉不到译者体温的译作肯定不能说是成功的。'翻译冲动'与'创作冲动'作为心理活动，本质上是相通的"。②译者的"翻译冲动"源于其对作家、原著的一种深沉炽烈的爱，它能激发译者的创造热情，去发挥自己的全部语言才能，把自己的情感体验融入译作的每个字、每个词中，使其同原著一样真切感人，打动译语读者的心灵。译者"必须自身被原作所打动，必须对原作怀有强烈的兴趣。要想译文文情并茂，译者心中必须有文有情"。

下面以英国诗人莎士比亚的十四行诗第 5 首和屠岸的译文为例进行分析。

Those hours that with gentle work did frame

The lovely gaze where everyone does dwell

Will play the tyrants to the very same

And that unfair which fairly do the excel

For never-resting time leads summer on

---

① 龙协涛. 文学阅读学 [M]. 北京：北京大学出版社，2004：95.
② 同上。

To hide winter and confounds him there,

Sap checked with frost and lusty leaves quite gone,

Beauty snowed and bareness everywhere.

Then were not summer's distillation left

A liquid prisoner pent in walls of glass,

Beauty's effect with beauty were bereft,

Nor it nor no remembrance what it was.

But flowers distilled, though they with winter meet,

Leese but their show, their substance still lives sweet.

一刻刻时辰，先用温柔的工程

造成了凝盼的美目，教众人注目，

过后，会对这同一慧眼施暴政，

使美的不再美，只让它一度杰出；

永不歇脚的时间把夏天带到了

可怕的冬天，就随手把他倾覆；

青枝绿叶在冰霜下萎黄枯槁了，

美披上白雪，到处是一片荒芜。

那么，要是没留下夏天的花精，

那关在玻璃墙中的液体囚人，

美的果实就得连同美一齐扔，

没有美，就不能纪念美的灵魂。

花儿提出了香精，那就到冬天，

也不过丢外表；本质还是新鲜。

屠岸的译文"一刻刻时辰，先用温柔的工程 / 造成了凝盼的美目，教众人注目 / 过后，会对这同一慧眼施暴政 / 使美的不再美，只让他一度杰出"中"辰 / 程""（美）目 /（注）目"形成行内韵，富于音美。"永不歇脚的时间把夏天带到了，可怕的冬天，就随手把他倾覆／青枝绿叶在冰霜下萎黄枯槁了／美披上白雪，到处是一片荒芜"中的"可怕"传达了诗人对寒冬的恐惧，"萎黄枯槁""荒芜"再现了寒冬里万木凋零衰败的景象。

第四节　英美文学翻译中的风格美

从文体学的角度来看，文学作品的风格包含三个层次：文学体裁，主要包括诗歌、小说、散文、戏剧；文学体裁中的分支，如诗歌中的抒情体、叙事体，小说中的长篇、中篇、短篇，散文中的抒情体、议论体、叙事体，戏剧中的独幕剧、多幕剧；作家、作品的风格。龚光明在《翻译思维学》中指出，文体是指"一定的话语秩序所形成的文本体式，它折射出作家、批评家独特的精神结构、体验方式、思维方式和其他社会历史、文化精神"[1]。在文学翻译中译者要再现原作语言的风格，先要传达其文体特点，这需要译者具有敏锐的文体意识，即"对语言表达上显示出来的体裁风格的一种敏感和素质，是一种语言直觉、一种语言经验"。文学作品的四种主要体裁诗歌、小说、散文、戏剧有着各自的语言风格。文学是语言的艺术，诗歌则是语言的最高艺术。黄源深、周立人在《外国文学欣赏与批评》中指出，诗歌是人们"用韵律语言富于想象地表达对世界、对自身、对世界和自身之间关系的强烈感受的一种文学样式"[2]，融合了意美、音美、形美。蒋成瑀在《读解学引论》中指出，诗是声音、意象和理义的结合，"声音铿锵，抑扬悦耳，表现为外观形态美，显示响度；意象呈现，色彩明丽，生动鲜活，表现为内在形象美，显示亮度；

① 龚光明．翻译思维学 [M]．上海：上海社会科学院出版社，2004：116.
② 黄源深，周立人．外国文学欣赏与批评 [M]．上海：上海外语教育出版社，2003：121.

151

理义显豁，厚重深刻，表现为哲学的思理美，显示厚度"①。在四大文学体裁中，散文与诗歌在语言风格上最为接近，诗是"形合神聚"，散文则是"形散神聚"。龚光明在《翻译思维学》中认为散文是一种"以情思为元素、以自由感知为方式、以营造韵致情味为重心、以本色为基调的语言艺术"②。王先霈在《文学评论教程》中谈到，散文"较之其他文学样式较少拘束和限制，舒卷自如"，所以"形散"；散文其"内在韵致，作者的立意、主题、文章的脉络必须集中明确"，所以"神聚"。散文通过"情致"使"外表的形式贯穿起来，联系起来，形成一个具有艺术生命力的有机体"。③黄源深、周立人在《外国文学欣赏与批评》中指出，散文的风格要索包括声音和语气、语言风格、结构、表述方式。"当我们阅读一篇散文时，我们听到的是作者的声音。作者以其自身的经历和体验向我们述说着"，语气"反映了作者对自己所谈及的话题的态度。作者往往通过运用恰到好处的语气来达到感染读者、打动读者之目的"。④散文的语言风格体现在作品的遣词用句上，散文的表述方式包括"联系、比较、分析、举例"。比较而言，诗歌更注重语言自身的节律和音韵，散文更强调词句排列组合所形成的节奏。朱光潜在《诗论》中认为诗是"具有音律的纯文学"，散文偏于"叙事说理"，诗偏于"抒情遣兴"。"事理直截了当，一往无余，情趣则低回往复，缠绵不尽。直截了当者宜偏重叙述语气，缠绵不尽者宜偏重惊叹语气。在叙述语中事尽于词，理尽于意；在惊叹语中语言是情感的缩写字，情溢于词，所以读者可因声音想到弦外之响"，"事理可以从文字的意义上领会，情趣必从文字的声音上体验"。⑤诗歌重音美体现在节奏、音律、语调、拟声词等要素上，尤其是节奏和音律，王一川在《文学理论》中说，节奏是"语音在一定时

---

① 蒋成瑀. 读解学引论 [M]. 上海：上海文艺出版社，1998：12.

② 龚光明. 翻译思维学 [M]. 上海：上海社会科学院出版社，2004：24.

③ 王先霈，范明华. 文学评论教程 [M]. 武汉：华中理工大学出版社，1995：21.

④ 黄源深，周立人. 外国文学欣赏与批评 [M]. 上海：上海外语教育出版社，2003：106.

⑤ 朱光潜. 诗论 [M]. 合肥：安徽教育出版社，1997：16.

间里呈现的长短、高低和轻重等有规律的起伏状况"①。朱光潜认为节奏是"一切艺术的灵魂，在跳舞则为纵横、急徐相照映；在绘画则为浓淡、疏密、明暗相配称；在建筑则为方圆、长短、疏密相错综；在音乐和语言则为高低、抑扬、长短相呼应"②。

散文的音美主要体现在词、词组、句子的长短交错所产生的节奏上，苏联翻译理论家加切奇拉泽在《文艺翻译与文学交流》中指出，散文的节奏是"在停顿和大小不同的意义单位交替中不同程度地表现出来"，它是"靠意义重音的重复出现、语调升降的顺序、句子的对称和句素的排列次序而构成"，而诗歌（格律诗）的节奏是"靠相同的单位重复出现"。③费道罗夫认为散文节奏"不是靠声音单位的规律性交替（这在诗歌中是常见的），而是靠言语的意义成分和句法成分有规则地排列，它们按一定的顺序出现，即通过一些词的重复出现、对偶、对仗、对称以及语句和句子联系的性质表现出来"。刘士聪在《汉英·英汉美文翻译与鉴赏》中指出，散文家通过"写景抒情、叙事、论证或创造形象传达他的意图，同时，作品的审美价值通过语言的声响和节奏表达出来"，因此散文语言具有一种"节律"，它"虽不规则，但惟其随意，惟其自然而妙不可言"。④在诗歌、散文翻译中译者要力求传达出原文语言的节奏美。

下面以英国作家吉辛（Gissing）的 *The Private Papers of Henry Rycroft* 中的一个片段和李健对此片段的译文为例进行分析。

I awoke a little after four o'clock. There was sunlight upon the blind, that pure gold of the earliest beam which always makes me think of Dante's angels. I had slept unusually well, without a dream, and felt the blessing of

---

① 王一川 . 文学理论 [M]. 成都：四川人民出版社，2003：107.

② 朱光潜 . 诗论 [M]. 合肥：安徽教育出版社，1997：61.

③ 加切奇拉泽 . 文艺翻译与文学交流 [M]. 蔡毅，虞杰，编译 . 北京：中国对外翻译出版公司，1987：97.

④ 刘士聪 . 汉英·英汉美文翻译与鉴赏 [M]. 南京：译林出版社，2002：6.

rest through all my frame; my head was clear, my pulse beat temperately. And, when I had lain thus for a few minutes, asking myself what book I should reach from the shelf that hangs near my pillow, there came upon me a desire to rise and go forth into the early morning. On the moment, I bestirred myself. The drawing up of the blind, the opening of the window only increased my zeal, and I was soon in the garden, then out in the road, walking light-heartedly I cared not whither.

我在清晨四点刚过一会儿的时候醒来。阳光照在窗帘上，这最早出现的一缕阳光的金辉总是令我想起但丁的天使。我睡得异乎寻常地香甜，一夜无梦，休息所带来的幸福感洋溢全身；我的头脑清醒，脉搏在舒缓地跳动。我这样躺了一会儿，当问自己要从枕边的书架上取下什么书的时候，我忽然想要起床走进晨曦中去。我于是立即行动起来。打开窗帘，打开窗子，令我热情高涨，我很快来到了花园，然后走到大道上，心情轻快而漫无目的地溜达着。

在英国文学史上吉辛并非第一流的作家，但他的 The Private Papers of Henry Rycroft 堪称经典之作。李健评论说："在这部随笔中，我们首先可以看到一个醉心于湖光山色的田园归隐者的所思所想、所感所言。作者在描述这种归隐生活时所流露出的恬静怡然或许是最能打动同样有着敏感心灵的读者的。"上文选自其作品的第二部 Autumn，描写诗人清晨醒来时舒畅愉悦的心情，语言节奏舒缓自然，娓娓道来。"I awoke a little after four o'clock." 为短句，点明时间。"There was sunlight upon the blind, that pure gold of the earliest beam which always makes me think of Dante's angels." 为复合句，"that...beam" 从句作 sunlight 的同位语，angels 与下文的 the blessing 相呼应。"I had slept unusually well, without a dream, and felt the blessing of rest all through my frame;" 用 without 和 and 连接，形成语气的自然停顿，紧接着 "my head was always clear,

154

my pulse beat temperately."两个并列的短句，节奏舒缓。后面作者又写了一个长句"And, when I had lain thus for a few minutes, asking myself what book I should reach from the shelf that hangs near my pillow, there came upon me a desire to rise and go forth into the early morning."，句首的 and 传达了作者的漫游流动的思绪。金岳霖在他的《论翻译》中说"有一位英国文学家说 and the Lord said 这几个字神妙到不可言状。"如果说，这几个字真是如此"神妙"，那一定和 And 的运用有十分密切的关系。吉辛的 and 与这里的 and the Lord said 中的 and 有同工之妙。"...there came upon me a desire to rise and go forth into the early morning."采用"there comes upon sb. some feeling"的表达形式，语调舒缓，表现了诗人 to rise and go forth into the early morning 的念头 desire 是油然而生的。接下来，"On the moment, I bestirred myself."又变成短句，长短句的交替形成鲜明的节奏，宾格 me 到主格 I 的变化表现了一种"内在节奏"或"心理节奏"的变化：诗人油然而生一种念头，然后打定主意去户外散步。"The drawing up of the blind, the opening of the window only increased my zeal, and I was soon in the garden，then out in the road，walking light-heartedly I cared not whither. 这里 the drawing up of the blind/the opening of the window/I was soon in the garden/then out in the road"构成排比结构，形成递进关系，节奏舒缓，现在分词 walking 用进行时态表现了作者散步时悠闲轻松的状态，I cared not whither 放在句尾，强调了作者轻松自如的心情。

参考文献

[1] LEECH G. A linguisitic guide to English poetry[M]. London: Longman, 1969.

[2] HERMANS T. The manipulation of literature: studies in literary translation[M]. London and Sydney: Croom Helm, 1985.

[3] NIDA E A. Toward a science of translating[M]. Leiden：EJ, Brill, 1964.

[4] NEWMARK P. Approaches to translation[M]. Shanghai: Shanghai Foreign Language Education Press, 2001.

[5] TOURY G. In search of a theory of translation[M]. Tel Aviv：Porter Institute for Poetics and Semiotics, Tel Aviv University, 1980.

[6] VERMEER H J. Skopos and commission in translational action[M]// VENUTI L. The translation studies reader. London and New York: Routledge, 2000.

[7] NORD C. Translating as a purposeful activity: Functionalist approaches explained[M]. Shanghai: Shanghai Foreign Language Education Press, 2001.

[8] DERRIDA J. From différance[M]//A Derrida reader: between the blinds. New York: Columbia University Press, 1991.

[9] HALL E T. The hidden dimension[M]. New York：Doubleday, 1966.

[10] SAMOVAR L A, PORTER R E. Communication between cultures（2nd ed.）[M].Belmont，CA：Wadsworth Publishing Company, 1995.

[11] DOOD C H. Dynamics of intercultural communication（5th ed.）[M]. Boston: McGraw–Hill Humanities/Social Sciences/Language，1997.

[12] PALMER F R. Semantics[M]. New York: Cambridge University Press, 1981.

[13] VERSCHUEREN J. Understanding pragmatics[M]. Beijing: Foreign Language Teaching and Research Press, 2000.

[14] LYONS J. Semantics[M]. Cambridge：Cambridge University Press，1977.

[15] HOLMES J S. Translated! Papers on literary translations and translation studies[M]. Amsterdam：Rodopi，1988.

[16] HALL E T. Beyond culture[M]. New York：Doubleday，1976.

[17] SAGER J C. Text type and translation[M]// TROSBORG A. Text typology and translation. Amsterdam/ Philadelphia：John Benjamins Publishing Company，1997.

[18] 钱锺书 . 七缀集 [M]. 上海：上海古籍出版社，1985.

[19] 文杜里 . 西方艺术批评史 [M]. 迟轲，译 . 海口：海南人民出版社，1987.

[20] 艾柯 . 诠释与过度诠释 [M]. 王宇根，译 . 北京：生活·读书·新知三联书店，1997.

[21] 巴赫金 . 诗学与访谈 [M]. 白春仁，顾亚玲，译 . 石家庄: 河北教育出版社，1998.

[22] 巴赫金 . 文本、对话与人文 [M]. 白春仁，晓河，周启超，等，译 . 石家庄: 河北教育出版社，1998.

[23] 张晓春，龚建星 . 艺林散步 [M]. 上海：上海社会科学院出版社，199.

[24] 巴赫金 . 陀思妥耶夫斯基诗学问题 [M]. 白春仁，顾亚玲，译 . 北京：生活·读书·新知三联书店，1988.

[25] 利科尔．解释学与人文科学 [M].陶远华，袁耀东，冯俊，等译．石家庄：河北人民出版社，1987.

[26] 巴尔特．符号学原理 [M].李幼蒸，译．北京：生活·读书·新知三联书店，1988.

[27] 汪澍白．20 世纪中国文化史论 [M].北京：中国青年出版社，1999.

[28] 张安德，杨元刚．英汉词语文化对比 [M].武汉：湖北教育出版社，2003.

[29] 孙俊芳．英汉词汇对比与翻译 [M].北京：知识产权出版社，2016.

[30] 邵志洪．英汉对比翻译导论 [M].上海：华东理工大学出版社，2010.

[31] 蔡新乐．翻译的本体论研究 [M].上海：上海译文出版社，2005.

[32] 陈福康．中国译学理论史稿 [M].上海：上海外语教育出版社，1992.

[33] 陈圣生．现代诗学 [M].北京：社会科学文献出版社，1998.

[34] 陈望道．修辞学发凡 [M].上海：上海外语教育出版社，2001.

[35] 辞海编辑委员会．辞海 [M].上海：上海辞书出版社，1989.

[36] 伯姆．论对话 [M].王松涛，译．北京：教育科学出版社，2004.

[37] 杜夫海纳．美学与哲学 [M].孙非，译．北京：中国社会科学出版社，1985.

[38] 恩格斯．社会主义从空想到科学的发展 [M]// 中共中央马克思恩格斯列宁斯大林著作编译局．马克思恩格斯选集：第 3 卷．北京：人民出版社，1972.

[39] 方梦之．翻译新论和实践 [M].青岛：青岛出版社，2002.

[40] 霍尔．西方文学批评简史 [M].张月超，译．南京：南京大学出版社，1987.

[41] 多斯．从结构到解构：法国 20 世纪思想主潮 [M].季广茂，译．北京：中央编译出版社，2004.

[42] 傅修延．文本学：文本主义文论系统研究 [M].北京：北京大学出版社，2004.

[43] 伽达默尔.真理与方法:哲学诠释学的基本特征:上卷 [M].洪汉鼎,译.上海:上海译文出版社,1999.

[44] 龚光明.翻译思维学 [M].上海:上海社会科学院出版社,2004.

[45] 辜正坤.中西诗比较鉴赏与翻译理论 [M].北京:清华大学出版社,2003.

[46] 郭建中.文化与翻译 [M].北京:中国对外翻译出版公司,2000.

[47] 荷马.奥德赛 [M].北京:王焕生,译.人民文学出版社,1997.

[48] 赫施.解释的有效性 [M].王才勇,译.北京:生活·读书·新知三联书店,1991.

[49] 洪汉鼎.理解与解释:诠释学经典文选 [M].上海:东方出版社,2006.

[50] 胡经之,王岳川.文艺学美学方法论 [M].北京:北京大学出版社,1994.

[51] 胡经之.文艺美学 [M].北京:北京大学出版社,1999.

[52] 胡经之.西方二十世纪文论史 [M].北京:中国社会科学出版社,1988.

[53] 黄源深,周立人.外国文学欣赏与批评 [M].上海:上海外语教育出版社,2003.

[54] 加切奇拉泽.文艺翻译与文学交流 [M].蔡毅,虞杰,编译.北京:中国对外翻译出版公司,1987.

[55] 贾正传.融合与超越:走向翻译辩证系统论 [M].上海:上海译文出版社,2008.

[56] 蒋成禹.读解学引论 [M].上海:上海文艺出版社,1998.

[57] 金元蒲.接受反应文论 [M].济南:山东教育出版社,2002.

[58] 雷淑娟.文学语言美学修辞 [M].上海:上海财经大学出版社,2004.

[59] 李润新.文学语言概论 [M].北京:北京语言学院出版社,1994.

[60] 李咏吟.诗学解释学 [M].上海:上海人民出版社,2003.

[61] 李运兴.语篇翻译引论 [M].北京:中国对外翻译出版公司,2001.

[62] 廖七一.当代西方翻译理论探索 [M].上海:译林出版社,2000.

[63] 刘华文 . 汉诗英译的主体审美论 [M]. 上海：上海外语教育出版社，2005.

[64] 刘明阁 . 跨文化交际中汉英语言文化比较研究 [M]. 开封：河南大学出版社，2009.

[65] 刘士聪 . 汉英·英汉美文翻译与鉴赏 [M]. 上海：译林出版社，2002.

[66] 龙协涛 . 文学阅读学 [M]. 北京：北京大学出版社，2004.

[67] 吕兴玉 . 语言学视阈下的英语文学理论研究 [M]. 长春：东北师范大学出版社，2017.

[68] 巴特尔 . 符号学原理 [M]. 李幼蒸，译 . 北京：生活·读书·新知三联书店，1988.

[69] 罗志野 . 西方文学批评史 [M]. 桂林：广西师范大学出版社，1991.

[70] 布伯 . 我与你 [M]. 陈维纲，译 . 北京：生活·读书·新知三联书店，2002.

[71] 布伯 . 人与人 [M]. 张健，韦海英，译 . 北京：作家出版社，1992.

[72] 马克思 .《政治经济学批判》导言 [M]// 中共中央马克思恩格斯列宁斯大林著作编译局 . 马克思恩格斯选集：第 2 卷 . 北京：人民出版社，1972.

[73] 马奇 . 中西美学思想比较研究 [M]. 北京：中国人民大学出版社，1994.

[74] 孟昭毅，李载道 . 中国翻译文学史 [M]. 北京：北京大学出版社，2005.

[75] 盛宁 . 人文困惑与反思 [M]. 北京：生活·读书·新知三联书店，1997.

[76] 索绪尔 . 普通语言学教程 [M]. 北京：商务印书馆，1999.

[77] 谭载喜 . 西方翻译简史 [M]. 北京：商务印书馆，1991.

[78] 谭载喜 . 新编奈达论翻译 [M]. 北京：中国对外翻译出版公司，1999.

[79] 王德春 . 现代修辞学 [M]. 上海：上海外语教育出版社，2001.

[80] 王宏印 . 文学翻译批评论稿 [M]. 上海：上海外语教育出版社，2006.

[81] 王先霈，范明华 . 文学评论教程 [M]. 武汉：华中理工大学出版社，1995.

[82] 王一川 . 文学理论 [M]. 成都：四川人民出版社，2003.

[83] 王寅 . 语义理论与语言教学 [M]. 上海：上海外语教育出版社，2001.

[84] 王岳川 . 现象学与解释学文论 [M]. 济南：山东教育出版社，1999.

[85] 吴建民 . 中国古代诗学原理 [M]. 北京：人民文学出版社，2001.

[86] 吴晟 . 中国意象诗探索 [M]. 中山：中山大学出版社，2000.

[87] 伍蠡甫，胡经之 . 西方文艺理论名著选编 [M]. 北京：北京人民大学出版社，1985.

[88] 谢天振 . 译介学 [M]. 上海：上海外语教育出版社，1999.

[89] 许钧 . 翻译思考录 [M]. 武汉：湖北教育出版社，1998.

[90] 亚里士多德 . 范畴篇·解释篇 [M]. 方书春，译 . 北京：商务印书馆，2003.

[91] 杨自俭 . 翻译新论 [M]. 武汉：湖北教育出版社，1994

[92] 叶纪彬 . 艺术创作规律论 [M]. 长春：东北师范大学出版社，1987.

[93] 雨果 . 短曲与民谣集 [M]// 古典文艺理论译丛编辑委员会 . 古典文艺理论译丛 . 北京：人民文学出版社，1961.

[94] 张柏然，许钧 . 译学论集 [M]. 南京：译林出版社，1997.

[95] 张培基 . 英汉翻译教程 [M]. 上海：上海外语教育出版社，1980.

[96] 张祥龙 . 海德格尔思想与中国天道：终极视域的开启与交融 [M]. 北京：生活·读书·新知三联书店，1996.

[97] 郑海凌 . 文学翻译学 [M]. 郑州：文心出版社，2000.

[98] 中国科学院语言研究所词典编辑室 . 现代汉语词典：试用本 [M]. 北京：商务印书馆，1973.

[99] 中国社会科学院语言研究所词典编辑室 . 现代汉语大词典：第 5 版 [M]. 北京：商务印书馆，2006.

[100] 周方珠 . 翻译多元论 [M]. 北京：中国对外翻译出版公司，2004.

[101] 周仪 . 翻译与批评 [M]. 武汉：湖北教育出版社，1999.

[102] 朱光潜 . 诗论 [M]. 合肥：安徽教育出版社，1997.

[103] 郎损 . 新文学研究者的责任与努力 [J]. 小说月报，1921，12（2）：2-5.

[104] 韩彩英，李悦娥．语境的外延衍生与内涵衍化 [J].外语与外语教学，
    2002（11）：16-18.

[105] 杨武能．阐释、接受与再创造的循环：文学翻译断想 [J].中国翻译，
    1987